D1136759

Andrè Gide

André Gide

L'Immoraliste

edited by

J. C. Davies B.A., Dip.Ed. (Sydney)
Docteur de l'Université (Paris)

Professor of French Language and Literature
University of Adelaide

MODERN WORLD LITERATURE SERIES

HARRAP   LONDON

843.912 GID
910

840-31
GID
GID

First published in Great Britain 1974
by GEORGE G. HARRAP & CO. LTD
182–184 High Holborn, London WC1V 7AX

First published in the French language by
Mercure de France 1902

This edition with Introduction and Notes
© George G. Harrap & Co. Ltd 1974

ISBN 0 245 52271 9

216609

Printed and bound in Great Britain by REDWOOD BURN LIMITED
Trowbridge & Esher

(15/7/94)

Contents

Introduction

The humanism of Gide

The great question which exercises the mind of Michel in *L'Immoraliste*: how man is to achieve his fullest potential in this life, to realize his uniqueness as an individual, in spite of immense social pressures to conform, is the problem which remains at the centre of Gide's work throughout a long career. André Gide (1869–1951) was one of the most outstanding of modern humanists, in a long line of French writers with similar interests which extends from Montaigne in the sixteenth century to Camus and Sartre at the present day.

Gide continually strove after self-knowledge and the attainment of complete sincerity in the understanding of his own mind. His famous *Journal* (1889–1949) is one long self-confession and a testimony to his never-ending quest for the authentic self. In his fictional work, a whole series of heroes, taken from the Bible or from mythology or else the products of his own invention, are charged with representing the author's own struggle for lucidity and for self-realization. Although the results achieved by these heroes differ greatly and the style of each book ranges from the lyrical to the ironic or satiric, nevertheless one recognizes their single-minded quest for the true self as closely akin to Gide's own. Over a period of some 40 years, many such figures spring to mind: Philoctète (*Philoctète*, 1899), Prométhée (*Le Prométhée mal enchaîné*, 1899), Michel (*L'Immoraliste*, 1902), Saül (*Saül*, 1903), The Prodigal Son (*Le retour de l'enfant prodigue*, 1907), Lafcadio (*Les Caves du Vatican*, 1914), Bernard (*Les Faux-Monnayeurs*, 1926), Œdipe (*Œdipe*, 1931), Thésée (*Thésée*, 1946).

What was characteristic of most of these heroes, as was characteristic of their creator, was the burning intensity of the gaze which they turned inwards upon themselves, the anguished heroism of their struggle to attain inner truth and self-understanding. Their quest, like that of Gide himself, became a noble affirmation of the spirituality, greatness and dignity of the human individual, humanistic in the highest sense, in that it implied an unlimited faith in the ability of man to achieve, by introspection, complete self-knowledge, then to use this knowledge as the moral basis for all his actions.

Gide's humanism, however, was not the same at the end of his career as it was at the beginning. In the 1890s and early 1900s, his concern for self-understanding and self-realization was largely personal, connected solely with his own individual problems. Later, particularly after the Great War, this concern broadened out into a deeper and more truly humanistic involvement with the problem of man in Society, embracing an increased awareness of his relations with his fellow-man and a resentment of social injustice. It was then that those resounding words from an early work, *Les Nourritures terrestres* (1897): "ASSUMER LE PLUS POSSIBLE D'HUMANITÉ" (written, as here, in capital letters), took on their full significance.

But it is above all in the works written before the Great War, where Gide, as in *L'Immoraliste*, is transposing his own personal crises into fictional form, that his quest for the authentic self assumes the poignancy and urgency of an inner struggle which at times becomes almost unbearable. Philoctète, Saül, Michel and even the Prodigal Son remain intensely moving figures because they are endowed with the author's own sense of anguish and struggle. By the age of 50, however, Gide has resolved most of the inner problems which had been such a source of conflict for him in his youth. One therefore notices, in the books written after 1920, a definite lowering of temperature, a loss of intensity and personal urgency. Hand in hand with this loss of tension goes the increasing interest, previously noted, which Gide developed in the relations between man and society. It is not that such an interest was absent from Gide's earlier work, but that it was then almost wholly negative and destructive. Witness, for example, the rejection, implicit in *Les Nourritures terrestres* and in *L'Immoraliste*, of all that inhibits the complete development of the personality—conventions, traditions, beliefs, authority and the family. Now, however, Gide's interest in society becomes positive and constructive: he is deeply moved by the condition of the natives during a visit to the Congo in 1925; in the 1930s he is attracted, like so many other writers of the time, by the Communist experience in the USSR, only to suffer disillusionment a few years later. The basis of Gide's humanitarian zeal during the last two decades of his life was an optimistic and ever-increasing belief in human progress: "il n'est rien que l'homme institue, il n'est rien d'humain, qui ne puisse être modifié—à commencer (ou mieux: à finir) par l'homme lui-même." (*Journal, Feuillets* . . . p. 1281). And it is this belief which characterized Gide's final creation, the hero Thésée in the work which, in many ways, represents the last will and testament of André Gide: "Ma grande force était de croire au progrès" (*Thésée* (*Romans*), p. 1448). In this last great work, Gide has evolved from the former rebel against society to one who has become reconciled with the forces of tradition: "car rien ne part de rien, et c'est sur ton passé, sur ce que tu es à présent, que tout ce que tu seras prend

9

appui" (ibid. p. 1433). And yet, Gide's final attitude is in no way inconsistent with his former stand against institutions, like the family or society, which may have lost their vital force and become static or stagnant. He continues to resist such stagnation. His challenge to us as readers of his work is for each of us to realize what is unique in our personality. It is an appeal for dynamism, for continuous effort and striving, so that we should never be satisfied with what we have achieved, but always press on, seeking an ever higher ideal. We are asked to look into ourselves, determine our capabilities and our limits, then seek to realize these capabilities and even *extend* our limits. Our task will thus be never-ending, but supremely heroic, and we shall reject a life of "inglorious ease" for a life of unceasing tension and struggle.

Such, in spite of the serenity which he achieved at the end of his life, was the lot of André Gide, especially during the most vital and the most moving part of his literary career—the first decade of this career, the ten years which preceded the writing of *L'Immoraliste*, in 1900–1901.

A decade of conflict, 1890–1900

Three important influences, which were for him both disturbing sources of mental conflict and at the same time fruitful stimuli for the creation of literary works, dominated this significant decade of Gide's career. Each influence left its mark not only on the works of Gide during these 10 years but on the whole of the writer's subsequent literary production. The first was the influence on him of his mother, the second was his journey to North Africa in 1893, and the third was his love for, and his marriage, in 1895, with his cousin Madeleine.

Gide was the product of an austere, puritanical childhood, dominated by the influence of a God-fearing, possessive mother, who succeeded in filling her son with all manner of inhibitions, sexual, moral and spiritual, but who, at the same time, gave him the French Protestants' love of the Bible and a sincere longing for belief in God that remained with him for much of his life. The atmosphere of Gide's childhood was thus one of constraint, of austerity and of repression of the desires of the flesh, and it is in this *ambiance* that his spiritual, mystical love for his cousin Madeleine was conceived. Both his longing for God and for moral purity and his desire for a spiritual union with his cousin are transposed into his first published work, *Les Cahiers d'André Walter* (1891), into which the young idealist poured forth all his mystical aspirations. The love of André Walter for Emmanuèle, his desire to sacrifice, to sublimate this love, to refine it into something purer and nobler than mere gratification is typical of Gide's own attitude at this time. But the senses, repressed, will gain their revenge, and the whole book is full of the torments and the temptations of the flesh which André Walter struggles, not always successfully, to put out of his mind.

The seeds of conflict are henceforth sown, and the other two books of this first period, *Le Voyage d'Urien* (1893) and *La Tentative amoureuse* (1893), continue the same struggle, in the author's mind, between spirituality and sensuality, between the noble aspirations of the mind and the lusts of the flesh. *Le Voyage d'Urien* is a kind of mystical journey towards an unattainable Ideal, a goal similar to the Ideal Essence sought after by the Symbolists (cf. p. 42), by whom Gide was also influenced in the 1890s, but which becomes fused with a quest for God, that other absolute which tormented the mind of the young Gide. Yet it is a journey beset with every manner of temptation, with every possible opportunity for the gratification of sensual desires, which the travellers must resist before they reach the ideal purity of *la mer glaciale*. Similarly, in *La Tentative amoureuse*, Gide depicts the inevitable failure of physical love, once it has been satisfied, and again stresses the superiority of spiritual love, particularly when it is fused with love of God: "Le désir est comme une flamme brillante, et ce qu'il a touché n'est plus que de la cendre—poussière légère qu'un peu de vent disperse—ne pensons donc qu'à ce qui est éternel" (quotation from Calderón, the Spanish Golden-Age writer, quoted as an epigraph to *La Tentative amoureuse*).

So fanatical a repression of the claims of the flesh, in favour of an ideal of moral purity, could only lead to reaction, and the reaction was a violent one, almost an explosion, as Gide succumbed to the sensual delights of North Africa during his journey of 1893–94 with the painter Paul Laurens. All did not begin so well, and it was only after Gide fell seriously ill with tuberculosis in Africa, as Michel does in *L'Immoraliste*, that he learnt to appreciate to the full the ravishing new world of sensation which now stood revealed. It was a revelation for Gide, as it was for Michel, and his slow convalescence became an awakening, a profound, physical reawakening to life. In the exotic North African environment he became acutely aware of his body, his senses, his physical needs: he became obsessed with a feverish and lyrical desire to *live*. And it was in this state of exaltation, of lyrical tension, that the idea of *Les Nourritures terrestres* was born in the mind of Gide.

Les Nourritures terrestres, finally published in 1897, is a kind of frenzied hymn to life, a passionate praise of the instincts, the senses and the desires. In this book, life becomes, for Gide, "un fruit plein de saveur sur des lèvres pleines de désir", and it is now as important for him to indulge to the full these desires as formerly it was to constrain them. The conflict which, in the first works of Gide, lay dormant beneath the surface, is now fully out in the open, and henceforth, for many years, the struggle will intensify as the pendulum of Gide's mind sways backward and forward between these two opposing extremes. From now on, the study of the strict chronology of Gide's works is less rewarding than the following of this remarkable series of oscillations in the mind of Gide, which is traced out in his subsequent writings.

However, before examining these writings, one further event of great moment for Gide must be considered. This was his marriage, in 1895, with his cousin Madeleine. As young children, these two had many interests in common; together they read the same books, together they discovered the treasures of French literature, in much the same way as Jérôme and Alissa, their literary counterparts in *La Porte étroite*, were to do. It was an identity of intellectual and spiritual interests, a mutual sympathy and devotion, but a love without passion, in which the senses were sacrificed to nobler and purer ideals. For a number of years, Madeleine resisted André's eager desire for them to be married, but with the death of Gide's mother in 1895, this resistance crumbled and their marriage was celebrated a few months later.

With marriage, however, new problems arose. In a sense Gide, by marrying Madeleine, was replacing the mother whom he lost in 1895. Madeleine, without having his mother's intransigence and possessiveness, was nevertheless of a somewhat similar disposition. She had the same tendency to apply high moral standards to conduct in everyday life, she had the same high sense of duty, self-discipline and restraint, the same attachment to Protestant ideals of virtue and self-sacrifice. Without ever going so far as the Alissa of *La Porte étroite*, whose spirit of self-sacrifice became a cruel obsession leading to her death, Madeleine's turn of mind was nevertheless orientated in the same general direction. The result was a marriage of spiritual love, a mystical communion of souls, but never a marriage in the full *physical* sense of the word. The issue was further com-

13

plicated by Gide's growing awareness of his homosexual tendencies, first brought home to him by his attraction to native boys during the journey to Africa of 1893–4, and later reproduced in his fictional counterpart, Michel, the hero of *L'Immoraliste*, whose latent homosexuality is one of the principal themes of the *récit*. The discovery of these tendencies in Gide was to cause cruel heartbreak to Madeleine, culminating in a grave crisis in the course of the year 1918, as a result of Gide's passionate attachment to a young adolescent. As in the case of Michel and Marceline, the spiritual devotion of Gide for his wife may, to some extent, be regarded as a sublimation of and an overcompensation for deeply based guilt feelings arising out of personal inadequacies of a sexual nature. Be that as it may, there is no doubt that, after 1895, marriage, and the concomitant problem of homosexuality, created further conflict in Gide's already divided mind. Conflict, here again, is a rich source of literary creation, and the works of this period gain in intensity and poignancy as a result.

We now approach the period of *L'Immoraliste*. In order to understand this work, and other works written about the same time, it is necessary to examine Gide's purpose in writing them, and their relation to the conflicts which then exercised his mind. Firstly, it is important to realise the key role played by the two lyrical works of self-confession which most sincerely expressed the two opposing attitudes of his youth—*Les Cahiers d'André Walter* and *Les Nourritures terrestres*. All other works of this time must be considered in their relation to these two key works. Gide's mind, more than that of any other modern French writer, thrives on contradiction and reaction, and it is as though, having once expressed enthusiasm for a particular attitude, he must counteract this enthusiasm and remove the dangers of excess implicit in it by writing a work *critical* of this attitude. Thus, having written *André Walter*, at once the dangers of

14

religious puritanism become apparent to him, and the idea of *La Porte étroite* is born. It matters little that this work was not written for another 16 years, and not completed until 1909—it nevertheless belongs in spirit to the period of *André Walter*. Similarly, Gide's mind having swung in the opposite direction to *André Walter* through his writing of *Les Nourritures terrestres*, in which he puts forward as an ideal the cult of the senses and the fullest development of the individual, he reacts against the dangers implicit in such an attitude, if carried to excess, by writing, subsequently, such works as *Saül, Le Roi Candaule* and *L'Immoraliste*, all of which *criticize* the idea of excessive freedom and self-indulgence.

The play *Saül*, written in 1897–98 and published in 1903, is a timely antidote to the persuasive lyrical eloquence of *Les Nourritures terrestres*. *Les Nourritures terrestres* preached a fervent acceptance of life, a sympathetic opening of the mind to sensations, instincts and desires. King Saül, "roi déplorablement dispos à l'accueil", has this receptivity, but allows his senses to take possession of him, so that, by the end of the play, he becomes the victim of every passing temptation and passively accepts defeat and death at the hands of an assassin. The chorus of demons effectively symbolizes the temptations to which Saül succumbs and offers a mocking parody of the desires so passionately extolled in *Les Nourritures terrestres*. At the same time, the most significant of Saül's temptations—his growing awareness of his homosexual attachment to David, the youth who is destined to take over his crown—provides us with an ironic picture of one of Gide's chief problems at this time, showing, by the very excess to which it is carried and the disastrous end to which it leads, that Gide, here again, is in critical reaction against his own attitudes. The play serves as a kind of warning from the author to himself.

In 1899, the year after completing *Saül*, Gide wrote another play, *Le Roi Candaule*, which was published in 1901. Its theme has certain similarities to that of *Saül*, and the play continues Gide's series of critical reactions against the attitudes expressed in *Les Nourritures terrestres*. If King Saül was the passive victim of sensual indulgence, King Candaule is equally the victim of over-receptiveness to impulses and desires, in his case by his eager wish to "experiment" with his happiness by having a humble fisherman share his wife. The consequences are again tragic and Candaule is killed by the hand of his friend. Once more, the doctrine of *disponibilité*, of open-minded receptiveness to sensations, expounded in *Les Nourritures terrestres*, is subjected to critical scrutiny and presented as a danger, if carried to excess.

At the same time, in seeking to escape from static happiness in marriage, Candaule could be said to be applying another of the cardinal principles of the earlier work, the idea of *dépassement*, which implies a refusal to be bound by convention or any attachment to the past and a plea for dynamism in one's attitudes. Here again, the abject failure of Candaule throws light on Gide's critical intentions in writing this play. To some extent, also, this theme reflects Gide's own restlessness within the bonds of marriage and the constant yearning for independence which characterized his life at this time and which was to find vivid expression in subsequent fictional works, such as *L'Immoraliste*.

With the completion of *Le Roi Candaule*, the stage is now set for the writing of *L'Immoraliste*. Some of the links with earlier works have been pointed out so that the transition to Gide's first important work of fiction can be seen as a direct and logical step.

Gide in L'Immoraliste

L'Immoraliste, published in 1902, finds its logical place in this continuing reaction, on the part of Gide, against the principles of individualism and *disponibilité* expounded in *Les Nourritures terrestres*. As in *Saül* and *Le Roi Candaule*, he points out the dangers of excess inherent in such attitudes. At the same time, in *L'Immoraliste*, as in *Le Roi Candaule*, he expresses some of his latent dissatisfaction with the institution of marriage, which is seen as inhibiting the free and full development of the individual. Finally, in Michel, he portrays, in a critical light, his own homosexual tendencies, which, as in the case of Saül, play their part in the moral and physical disintegration of the hero.

One can say, then, that Gide has expressed his most intimate self in *L'Immoraliste*, and in particular in the character of the hero, Michel. It is for this reason that the *récit* throbs with the intensity of real life and that the tragic fate of Michel affects us with a poignancy found nowhere but in the greatest works of literary fiction.

(a) *Gide and Michel*

Michel is, to a large extent, Gide. The austere young intellectual, with no experience of life, and who had undergone, as a boy, "le grave enseignement huguenot de sa mère", resembles his creator "comme un frère". Many transpositions of strict autobiography occur, as one would expect in a work of fiction, according to the artistic or dramatic aims which the author sets out to achieve. Some of these modifications are pointed out in the notes. But the basic outline of Michel's character and of the experiences he undergoes, is modelled essentially on the character and life-experience of Gide. Although in the *récit* Gide's first journey to Africa in 1893 becomes Michel's honeymoon journey, nevertheless the pattern of events is roughly similar—both fall seriously ill with tuberculosis, both, in their convalescence, awaken to a life of the senses and discover for the first time the physical pleasures of the body and the instincts. Both emerge with a heightened sense of the enjoyment of life and discover hitherto latent potentialities within themselves. Both aspire to *un nouvel être* and react violently against the stifling social and moral conventions which had hitherto ruled their lives. Both, while loving their wives with real affection, chafe under the constraints of marriage and seek to re-assert their individuality and independence by symbolic escape from its bonds.

But there the resemblances, close as they are, cease. Michel remains only a part, albeit an important part, of the complex reality that is the mind of Gide. Michel, like Saül and Candaule, and other heroes of Gide's fictional world, is an integral part of the author's character, and at the same time much more. All represent possibilities or extensions of the real Gide, creatures born of his inner conflicts. To this extent, the creation of the work of art acts for him as a kind of liberation, a purification or 'catharsis'. The author 'purges' his conflict by creating fictional characters who go through experiences, suffer conflicts similar to his own. After the act of creation the writer feels a profound sense of relief, and a new harmony is born out of the anguish which formerly tortured his mind: "Pour les autres, (le conflit) ne peut que nuire à l'action, tandis que, pour moi, loin d'aboutir à la stérilité, il m'invitait au contraire à l'œuvre d'art et précédait immédiatement la création, aboutissait à l'équilibre, à l'harmonie" (*Journal, Feuillets* . . ., 1923, pp. 777–8).

As is the case with most great novelists, the mind of Gide thus swarms with a host of latent tendencies, which are brought up to the surface and given concrete expression as the author creates the heroes of his fictional world. They are possibilities of his own character, persons that Gide might himself have become if the circumstances of his own life had been different, causing him to go in quite different directions. The critic Albert

Thibaudet expressed this tendency in a very apt phrase: "le romancier authentique crée ses personnages avec les directions infinies de sa vie possible" (*Réflexions sur le roman, N.R.F.*, Aug. 1912, p. 212). And Gide, with his lucid, critical mind, was well aware of this phenomenon occurring within him as he wrestled with the creation of Michel. In a letter to Scheffer, written in 1902, he describes the process:

> Que de bourgeons nous portons en nous . . . qui n'écloront jamais que dans nos livres! . . . Mais si, par volonté, on les supprime tous, *sauf un*, comme il croît aussitôt, comme il grandit! . . . Pour créer un héros, ma recette est bien simple: Prendre un de ces bourgeons, le mettre en pot—tout seul—on arrive bientôt à un individu admirable.

Not only is such a character "un individu admirable", it is, as far as Gide is concerned, "un monstre", for it represents a dangerous tendency in his own nature, which he allows to develop to excess. It is indeed a simplification of the real Gide, whose own nature guards against such excess by the delicate balance it has achieved between conflicting forces. Michel cultivates his individualism with a complete disregard for all else in his life, and in so doing becomes a dangerous fanatic, a victim of his own excess, a character whom Gide was clearly pleased to set free from the depths of his *vie intérieure* and to let serve as a warning to himself. As Gide so aptly put it, "si je n'étais que le héros . . . de l'*Immoraliste* . . . c'est pour le coup que je me sentirais rétrécir" (*Journal*, Sept. 1909, p. 276).

(b) *Gidean principles in* L'Immoraliste

One must therefore be wary of reading into *L'Immoraliste* Gide's unqualified approval of Michel's actions in the story. While the author is, here again, expounding individualist principles which he had already proposed, in all sincerity, in *Les Nourritures terrestres*, he is at the same time, in creating

Michel, attempting to rid himself of the demon of individualism by showing the dangers to which it can lead if carried to excess. What, now, are these Gidean principles which the author satirizes so devastatingly in *L'Immoraliste*? To understand them, it will be necessary to examine their portrayal in *Les Nourritures terrestres*, that parent work for the *récit*, as well as for the plays *Saül* and *Le Roi Candaule*.

Firstly, and permeating the whole of the work, is the principle of individualism, that each person should seek out what is best and unique in himself, and attempt to realize this unique quality, regardless of the consequences: "je n'aime en toi que ce qui diffère de moi . . . Ne t'attache en toi qu'à ce que tu sens qui n'est nulle part ailleurs qu'en toi-même, et crée de toi, . . . ah! le plus irremplaçable des êtres" (*Les Nourritures terrestres*, Pléiade edition of *Romans*, p. 248). Implied in this is the necessity for *disponibilité*, the state of mind which is completely open to all outside influences and all points of view, no matter how diverse or conflicting, a restless curiosity for all forms of life, for every kind of emotion or idea which may help man achieve his goal of self-realization: "Formes diverses de la vie; toutes vous me parûtes belles . . . Tout mon être s'est précipité vers toutes les croyances" (ibid., p. 158). While the mind must range widely over all the fields of human experience, it must never become attached to any one aspect, which may hinder its full development. *Dépassement* (moving ever onward to new experiences), continual mobility and dynamism, are to be the ideals: "Nathanaël, tu regarderas tout en passant, et tu ne t'arrêteras nulle part" (ibid., p. 155).

Such an attitude inevitably means a discarding of what is no longer valuable to you, of what has become fixed, rigid or static. Complacent happiness, adherence to ideas which have lost their vital force, the possession of objects which engender in man a false sense of security or comfort—all these are obstacles to the realization of the true self. In such a case, possession is to be counteracted by *dispossession*—sever your connection with objects, traditions or ideas before they spread out their tentacles and possess *you*: "Dès qu'un environ a pris ta ressemblance, ou que toi tu t'es fait semblable à l'environ, il n'est plus pour toi profitable. Il te faut le quitter. Rien n'est plus dangereux pour toi que *ta* famille, que *ta* chambre, que *ton* passé" (ibid., p. 172).

The whole of *Les Nourritures terrestres* is a passionate plea on behalf of a full enjoyment of life, a fervent appeal to the senses, instincts and desires. "Nathanaël, je t'enseignerai la ferveur" (ibid., p. 157). It is not enough to have *read* about sensation, it must be experienced, personally and directly, through as many senses as possible: "Il ne me suffit pas de *lire* que les sables des plages sont doux; je veux que mes pieds nus le sentent . . . Toute connaissance que n'a pas précédée une sensation m'est inutile" (ibid., p. 164). In such a world, moral criteria have no meaning, the only standard to be applied to human behaviour is the pleasure or joy which may be derived from one's acts: "Chaque action parfaite s'accompagne de volupté. A cela tu connais que tu devais la faire . . . La joie que l'on y trouve est signe de l'appropriation du travail et la sincérité de mon plaisir, Nathanaël, m'est le plus important des guides" (ibid., p. 167).

As a consequence of this attitude, the 'present moment' becomes a singular, extraordinary experience, to be savoured to the full—for, once gone, its unique flavour can never be recaptured:

> Nathanaël, ne cherche pas, dans l'avenir, à retrouver jamais le passé. Saisis de chaque instant la nouveauté irressemblable (ibid., pp. 167–8); je pris . . . l'habitude de *séparer* chaque instant de ma vie, pour une totalité de joie, isolée; pour y concentrer subitement toute une particularité de bonheur (ibid., p. 172).

All the joys of the past must be forgotten, if the unique *present* moment is to be enjoyed to the full, and this, in its turn, will be swept away by the pleasure of the moment which is to come: "Il me semble ne vivre aussitôt que dans un toujours neuf instant. . . . Le plus beau souvenir ne m'apparaît que comme une épave du bonheur" (ibid., p. 241). The significance of this last idea—to forget so as to be able to enjoy, will become apparent shortly in our discussion of these principles in *L'Immoraliste.*

The character Ménalque appears in *Les Nourritures terrestres* as the master who had inculcated the above principles in the narrator of the book, and a similar character with the same name reappears in *L'Immoraliste* to serve as a master to Michel. The two Ménalques are not models that Gide is proposing as ideals for us to imitate—while they embody most of the Gidean principles of individualism, they represent, rather, exaggerations of Gide's ideal and in their single-minded application of his principles they seem to imply a criticism of any doctrine which is adhered to too slavishly. Gide, it is inferred, would never himself have gone so far along the path of individualism, although, in certain moments of euphoria, he may have dreamed of approaching such an ideal. In a sense, then, the character of Ménalque is as much a simplification of the true Gide, as Michel is: "C'est une création parasite qui prend sa vie à même la mienne et m'aura affaibli d'autant" (letter to Marcel Drouin, 24 Jan. 1896). This is particularly apparent in *Les Nourritures terrestres,* where Ménalque carries some of the Gidean principles to an almost impossible limit, as in the following quotations:

Mon âme était l'auberge ouverte au carrefour; ce qui voulait entrer, entrait. Je me suis fait ductile, . . . disponible par tous mes sens, attentif, écouteur jusqu'à n'avoir plus *une* pensée personnelle, capteur de toute émotion en passage (*Nourr. terr.,* p. 185).

La nécessité de l'option me fut toujours intolérable; choisir m'apparaissait non tant élire, que repousser ce que je n'élisais pas . . . Je ne faisais jamais que *ceci* ou que *cela.* Si je faisais ceci, cela m'en devenait aussitôt regrettable, et je restais souvent sans plus oser rien faire, éperdument et comme les bras toujours ouverts, de peur, si je les refermais pour la prise, de n'avoir saisi qu'*une* chose (ibid., p. 183).

The Ménalque of *L'Immoraliste* evokes memories of two distinguished writers of the late nineteenth century—the English author Oscar Wilde and the German philosopher Nietzsche. Gide had first met Wilde in 1891 and had been enormously impressed by him. It seems that more than one echo of the great cynic has passed into the character of Ménalque, such as, for example, his habit of speaking in epigrams and paradoxes: "Il faut . . . laisser les autres avoir raison, puisque cela les console de n'avoir pas autre chose" (*L'Immoraliste*, p. 160); "je tiens la sobriété pour une plus puissante ivresse" (ibid., p. 162). And Ménalque's "absurde, . . . honteux procès à scandale" (p. 159) recalls the famous trial of Oscar Wilde in 1895. As for Nietzsche, the question of influence on Gide is a delicate one, which has caused much ink to flow (cf. Renée Lang, *André Gide et la pensée allemande*, and for a concise summary of the problem, cf. P. de Boisdeffre, *La Vie d'André Gide*, pp. 364–5). All that one needs to say here is that if there is not actual influence of Nietzsche on Gide, at least there is a close *analogy* between the Nietzschean Superman and the character of Ménalque, as portrayed in *L'Immoraliste*. To take only one example, among many, of these close affinities of thought, the Nietzschean cult of danger—the desire to risk everything in the quest for individuality—finds its counterpart in Ménalque's sense of exaltation at the hazardous nature of his life: "(je) maintiens donc, au sein de mes richesses mêmes, ce sentiment d'état précaire par quoi j'exaspère, ou du moins j'exalte ma vie . . . j'aime la vie hasardeuse et veux qu'elle exige de moi, à chaque instant, tout mon courage, tout mon bonheur et toute ma santé" (ibid., p. 165).

23

L'IMMORALISTE

In *L'Immoraliste*, Ménalque is, once more, the spokesman for Gidean ideas, but, here again, as in *Les Nourritures terrestres*, with the strong suggestion of an excess in his devotion to such ideas. At the same time, however, Ménalque in the novel is not quite so fanatical nor as sure of himself as he is in the earlier work. Typical of this hint of uncertainty is his feeling of terrible anguish ("angoisses affreuses" (p. 173)) on the night before he leaves for a mission: he appears "pâle . . . et un peu crispé" (p. 176). There is an embarrassing silence, after he has inquired about the state of health of Michel's pregnant wife: "Ménalque s'inclina vers le feu, comme s'il eût voulu cacher son visage. Il se taisait. Il se tut si longtemps que j'en fus à la fin tout gêné" (pp. 176–7). As though seeking reassurance about the validity of his own life, he mutters anxiously: "il faut choisir", and declares it to be foolish to envy other people's happiness. Finally, when Michel, sensing his hesitation, asks whether he was really eager to leave on his mission, the reply is no categorical *oui*, but a tentative *il paraît*. Ménalque may thus be somewhat less than the ideal Superman that Gide may have been tempted to portray, but at least he becomes less of an abstraction as a result, and more of a living human being with whom one can feel sympathy.

In spite of these, and other differences, the views which Ménalque puts forward to his would-be disciple Michel are basically the same as those which the other Ménalque proposed to the narrator of *Les Nourritures terrestres*. They are the cardinal principles of Gidean individualism.

Although Michel, as a result of his experiences in North Africa, is gradually moving in the direction of Ménalque's doctrine, his first reactions, as he listens to Ménalque in the course of their series of conversations, are feelings almost of alarm at the boldness of the other's words: "non qu'elles m'apprissent rien de bien neuf, mais elles mettaient à nu

24

brusquement ma pensée" (p. 180). His mind, for the moment, is still partly attached to the past, is still impregnated with the bourgeois attitude to property: "Meubles, étoffes, estampes, à la première tache perdaient pour moi toute valeur . . . J'aurais voulu tout protéger, mettre tout sous clef pour moi seul" (pp. 168–9). Similarly, his response to Ménalque's outburst against conformism in society, reveals, as yet, a reluctance to accept, and perhaps an unconscious fear of, the essential principle of Gidean individualism: "Vous ne pouvez pourtant, cher Ménalque, demander à chacun de différer de tous les autres" (p. 172). Consequently, Michel's first steps along the path of individualism are uncertain, hesitant and marked by alternation between remorse at the neglect of his wife and violent reaction against this remorse: "je . . . repoussai (mon inquiétude), luttai contre elle, m'irritant contre moi de ne pas mieux m'en libérer" (p. 176).

Michel, although gaining in resolution as Ménalque's principles become crystallized in his mind, never completely loses this uncertainty about himself and his aims, even when, later, he seeks consciously to apply these principles to his own life. To this extent, as we have seen, Michel remains an ironic parody of the Gidean individualist, "un raté de l'individualisme", to use Gide's own expression. And firstly, the very fact that Michel attempts to put such principles into practice by imitating Ménalque, is in itself a contradiction of the true spirit of Gidean individualism, a denial of the message so strikingly expressed at the end of *Les Nourritures terrestres*: "Nathanaël, à présent, jette mon livre". For, according to Gide, each man must discover for himself his own true destiny, his own unique individuality. Imitation of another person will achieve nothing.

The events of the latter half of the story combine to emphasize the utter failure of Michel's attempt to achieve the ideal of the supreme individualist. While deluding himself that he is boldly pushing forward to a difficult ideal of self-realization and self-understanding, it should be clear to the reader that Michel is simply abandoning himself to a facile quest for selfish pleasure and self-indulgence. Each one of Ménalque's principles, as practised by Michel, is shown in a distorted, exaggerated form, so that it becomes almost a travesty of the original.

Michel, by the latter part of the book, has achieved the ideal of sensitivity, or receptiveness, to every kind of sensation, which he had learned as a result of his experiences in Africa. But how debased this sense of *disponibilité* has become by its excess, by its association with unworthy and ignoble objects! The perfume of the lemon trees in the Lautumiæ gardens of Syracuse (p. 107) is replaced, during Michel's return journey, by the evocation of a very different district of the same city: "des odeurs de vin suri, ruelles boueuses, puante échoppe où roulaient débardeurs, vagabonds, mariniers avinés" (p. 227). Similarly, Michel's power of sympathy with other people which, earlier in the book, took the form of an active interest in the health and beauty of certain native children, the farmer Charles and other workers on his farm, now, in its turn, degenerates into a no less active, but debased, form of sympathy for ugliness and evil in the person of the poacher Alcide, and other unsavory characters. Michel has become the slave, and is no longer the master, of his *immoralisme*.

A parody of the principle of *disponibilité*, Michel's quest becomes also a parody of the principle of *dépassement*. Michel's headlong final journey southward with Marceline is a striking example of this. Urged relentlessly onward by "un démon plus fort", so that he hardly stops more than a few days in any one place, his journey becomes a wilful pursuit of self-destruction. Yet it is not a quest for ever-new sensations—the Gidean ideal of *Les Nourritures terrestres*—but, ironically, a nostalgic attempt to recapture past sensations, the memories of his former journey to Africa. Michel is aroused by a keen longing to see again the people, places, and objects that were associated with his convalescence and re-awakening to life (cf. *L'Immoraliste*, pp. 231–2). In the end, he is lucid enough to recognize that by so doing he has betrayed an important principle of Ménalque: to reject the past and live only for the present moment: "Ménalque avait raison: le souvenir est une invention de malheur" (p. 233).

Faithful to Ménalque's principles, Michel proceeds to 'dispossess' himself, but the form that this dispossession takes reveals again Michel's unhealthy preoccupation with the excessive, his fanatical distortion of the Gidean ideal. Not only does he put La Morinière up for sale, but before so doing he poaches with the poachers who are stealing his own game (p. 200 et seq.). But it is in connection with the progressive abandonment of his wife that the principle of dispossession assumes its most extreme form. Michel fondly deludes himself that Marceline's delicate state of health will be improved by their headlong rush towards the warmer climes of the south, while, of course, the reverse is true in the case of the tubercular condition from which she is suffering. In his selfish pursuit of his former memories, Michel is guilty of the wilful murder of his wife, and his 'dispossession' here becomes an unforgivable criminal act.

Les Nourritures terrestres was a plea for the full enjoyment of life: "Chaque action parfaite s'accompagne de volupté", and Ménalque stressed to Michel the importance of pleasure as the chief criterion for our acts. Here, surely, is the supreme indictment of Michel's frenetic attempt to regain the first, fine, careless rapture of an earlier visit to Africa. For where is the happiness, the joy that one would expect the confident individualist in search of himself to attain? At the end, the total result of his endeavours is, on the contrary, frustration, heartbreak, disillusionment: "mornes étapes sur la route plus morne encore, interminable" (p. 235); "O goût de cendres! O lassitude!

Tristesse du surhumain effort" (p. 237). If success in the search for the true self is to be judged by the achievement of happiness, what can one conclude but that Michel's quest is an abject failure?

(c) *Gide's personal problems in* L'Immoraliste

The prime reason for the failure of Michel as a true Gidean individualist is the basic human failing which affected Gide himself—his love for his wife. Michel, like Gide, is constantly torn between his yearning for the solitary heights of extreme individualism and his deep sense of loyalty to, and affection for, the companion who shared his life. It is one of the ironies of *L'Immoraliste*, as it was in Gide's own life, that, while refusing the complacent comforts of conventional married life, Michel remained, in spite of himself, deeply attached to the woman he loved. Hence a source of conflict between two opposing ideals which, on many an occasion, pulls the hero simultaneously in two different directions, but which makes us warm to him as a complex and living character, beset by typical human frailties.

In this way, Michel's dilemma reflects one of the main problems of Gide's own life after 1895—how to reconcile his urgent need for personal liberty with the necessary restrictions and compromises of married life. From this point of view, *L'Immoraliste* becomes the drama of Gide's marriage and his constant yearning for independence, and one could say that Michel's behaviour towards Marceline is an artistic exaggeration of Gide's attitude to his wife between 1895–1900. At the same time, the story reflects the other urgent problem which bedevilled the relations between Gide and Madeleine—the unsatisfactory physical side of their marriage, a problem which was intensified by Gide's own homosexual leanings. In marrying Madeleine, Gide replaced the inhibiting effect which his mother had on his sexuality by the equally inhibiting influence of his wife. In worshipping Madeleine on her mystic pedestal and in refusing to come to terms with the physical side of their relationship, Gide merely encouraged the further development of his homosexuality, already favoured by the dominating influence on him of his mother.

Gide's own sexual inhibitions and repressions become those of Michel in *L'Immoraliste*. No study of this book can be considered complete without an examination of Michel's latent homosexuality, which is at the very heart and core of the drama and has a determining effect on the principal events of the story. The essential difference between the author and his hero is that Gide was fully aware of his homosexual tendencies *before* his marriage, whereas with Michel the realization of his state begins to dawn upon him only at the end of the book. He is *un homosexuel sans le savoir*. And yet, for the perceptive reader, a whole series of hints, expressed in a variety of ways in the course of the narrative, make it clear where Michel's real inclinations lie. From his very first encounter with native boys in North Africa— the meeting with Bachir, who is introduced to him by Marceline —Michel's reactions and language leave us in no doubt about the change that is already occurring within him: "Je remarque qu'il est tout nu sous sa mince gandourah blanche" (p. 75). The narrator lingers fondly over the description of Bachir's charms: "ses chevilles sont charmantes, et les attaches de ses poignets . . . La gandourah, un peu tombée, découvre sa mignonne épaule. J'ai besoin de la toucher" (pp. 75–6). Later, his tongue is described, sensuously, as being "rose comme celle d'un chat" (p. 77). As a convalescent recovering from a serious illness, it is not only the beauty, but also the glowing health of Bachir, as of the various other Arab boys, which attracts Michel's attention. And this will again be the basis of his admiration, later on, for the farmer's son, Charles, who is described as "un beau gaillard, si riche de santé, si souple, si bien fait . . . Il

29

semblait n'avoir que quinze ans, tant la couleur de son regard était demeurée enfantine" (p. 136). But, as the *récit* progresses and Michel is more and more ruled by "les pires instincts", latent homosexuality becomes more explicit, and a fascination for evil replaces the admiration of beauty. It is then that we have Michel's attraction for the unsavoury Bute and Heurtevent and the somewhat distasteful scene of the kissing of the coachman in Taormina (p. 226). It is as though there is through the *récit* a steady progression towards the last page, where all stands finally revealed, where Michel's inclinations finally emerge from the subconscious to the full light of consciousness, as the hero freely admits his association with Ali, the little native boy who, with Michel, is "tendre et fidèle comme un chien" (p. 243). It is worthy of note that Gide's first homosexual experience was in North Africa in 1893 with a native boy who was also called Ali.

Gide's complex feelings for his wife Madeleine also pass into the relationship between Michel and Marceline. To this extent, one may say that *L'Immoraliste* is a drama of unconscious repression and of over-compensation for certain weaknesses in the hero's psychological make-up. Just as Gide, stricken by subconscious guilt feelings about the unsatisfactory nature of his physical relationship with his wife, over-compensated by the frenzied pursuit of individualism and independence (cf. Jean Delay, Vol. II, p. 565), so Michel alternates between devotion to Marceline and the selfish quest for self-discovery, in direct ratio to the success, or otherwise, of his physical relationship with his wife. It is in this sense that the main theme of the book may be said to arise from Michel's psychological problems—his feeling of uneasiness at the lack of a sexual relationship with Marceline produces in his mind a guilt complex, which, through the phenomenon of over-compensation, leads to the cult of individualism. Thus a deeply imbedded inferiority complex is transformed by the ego into a quest for reassurance about its superiority and its uniqueness. One could almost say that if the marital relationship between Michel and Marceline had been a normal one, there would have been no reaction in the direction of individualism, no dramatic conflict, and, hence, no story!

These fascinating Freudian undercurrents to the main events of the novel may be traced both in the final text itself and in early manuscript versions of the text located in the Bibliothèque Doucet in Paris. In the definitive edition of the work, we note a complete transformation in Michel's attitude after his one successful consummation of the marriage at Sorrento. His pursuit of individualism is immediately forgotten and he devotes himself entirely to Marceline:

> J'étais près de Marceline sans cesse; m'occupant moins de moi, je m'occupais plus d'elle et trouvais à causer avec elle la joie que je prenais les jours précédents à me taire (p. 125).

> Où s'enfonçaient, où se cachaient alors mes turbulences de la veille? Il semblait, tant j'étais calme, qu'elles n'eussent jamais existé. Le flot de mon amour les avait recouvertes toutes (p. 135).

And, in the earlier, unpublished versions of the text referred to, the psychological motivation of the would-be Superman becomes even more explicit: Michel, during the period of marital happiness which follows the proof of his virility, pours scorn on his recently undertaken quest for the true personality, labelling it as *déplaisante, maladive*, and as *égoïsme honteux*. Finally, it is noteworthy that Michel's precarious confidence in the normality of his instincts is soon shattered by the loss of his unborn child, which is followed by an even more frenzied pursuit of the ideal of individualism and the progressive abandonment of his wife Marceline.

L'IMMORALISTE

Literary techniques

(a) *Objectivity*

From the whole of the previous section, the close connection between the life and personality of André Gide and the hero of *L'Immoraliste* is seen as only too obvious. Other close parallels between the two, and certain modifications of strict autobiography for the artistic and dramatic needs of the *récit*, are pointed out in the notes. One of the most remarkable features of Gide's attitude to fiction, however, is his detached artistic treatment of problems that concerned his most intimate self— "cette extraordinaire puissance de vie personnelle et d'objectivité sereine", in the words of Jean Hytier. Objectivity is indeed the keynote to Gide's artistic technique. A modern exponent of the great French classical ideal of the seventeenth century, by his sense of moderation and restraint in expression, by his devotion to artistic and aesthetic aims, and by his determination to preserve his writings from too explicit an expression of *le moi*, Gide preferred to let his works speak for themselves, without attempting to exert undue pressure on the reader by stating his views on the events or the characters. If there is to be a conclusion to be drawn from the work, Gide would prefer that this conclusion should be reached independently of the author through a balanced consideration by the reader of the events of the story or the attitude of the characters. André Walter, in Gide's first published work, expressed the view which the writer was to maintain throughout his career: "La vérité voudrait . . . qu'il n'y ait pas de conclusion: elle doit ressortir du récit même" (*André Walter*, 1952 edn, p. 94). Although Gide may express elsewhere, privately, such as in correspondence to friends, his intentions in writing a book or his personal judgement of one of his fictional heroes, the book itself is hermetically sealed, so to speak, it exists as a separate creation in its own right,

32

an artistic 'object' which may call for different interpretations by different readers. In this sense, the reader becomes a kind of active collaborator with the author, participating in his own way in the creation of the novelist's fictional world.

Such is the case in *L'Immoraliste*, where Gide deliberately refrains from passing any judgment on Michel and, instead, invites the reader to form his own opinion from the events related. Indeed, it is only in the *Préface*, written many years after the original book, that the author states his attitude to the problem of Michel, and even then it is merely to reaffirm his position of complete impartiality: "Au demeurant, je n'ai cherché de rien prouver, mais de bien peindre et d'éclairer bien ma peinture" (p. 49).

Gide achieves objectivity in his *récits* by the use of an extremely subtle and original device—the 'first-person narrator' technique. This is a device which enables the author apparently to efface himself completely, to create the illusion that the story is being told directly by another person—in the case of *L'Immoraliste*, by the chief character, Michel. The fact that the author seems to stand aside and let his hero hold the floor gives the impression of greater authenticity, and leads us to believe that we are getting a first-hand account of the actual events. But Gide's use of this technique conveys much more than a mere recording of the events. It is employed above all to reveal directly, by the words the narrator uses or the thoughts and attitudes he expresses, the kind of person he is and to hint at certain psychological flaws in his make-up. In this way, Gide can, most subtly, suggest where the blame for the tragic events lies, without in any way expressing a direct condemnation of the character. In a sense, the hero condemns himself out of his own mouth, but without being aware of the full implications of what he is saying. Everything lies in discreet undercurrents and subtle nuances of tone or expression, which reveal the workings of the hero's subconscious mind as, unknown to himself, he seeks to justify his actions or rationalize his motives. It is for the reader to probe between the lines of the text and try to understand the hidden complexes which lie beneath the narrator's unconscious distortion of the events.

The tragedy of Michel, as is the case with all the narrators of Gide's *récits* (e.g. Jérôme and Alissa in *La Porte étroite*, the pastor in *La Symphonie pastorale*, Gérard in *Isabelle*), is that he is the pathetic victim of self-delusion. He believes his quest for the authentic self to be a noble one and refuses to recognize all the signs which should indicate to him that in reality his quest is a pursuit of selfish pleasure, an egotistical indulgence in his baser instincts. He must, however, keep up the pretence of nobility to prove to himself that he has not failed, and so we have throughout his narrative a variety of psychological phenomena: submerged guilt-complexes leading to attempts, in the subconscious, at self-justification and rationalization, together with an inferiority complex arising from sexual inhibitions which is relieved by the device of over-compensation. Michel, as a narrator suffering from self-deception, tends to incriminate himself by what he says and does, and it is a fascinating challenge to the reader to attempt to distinguish, in Michel's account, true motives from false. This, in fact, has been attempted to some extent in the notes of this edition, where some of Michel's more questionable statements have been analysed from this point of view.

(b) Récit *or* roman?

Gide made firm distinctions between the various categories of fictional work which he wrote during his career. Some works, in which the ironic and the satiric elements predominate, like *Les Caves du Vatican*, he labelled *soties*; others, like *L'Immoraliste*, *La Porte étroite* and *La Symphonie pastorale*, he defined as *récits*, and to only one work, *Les Faux-Monnayeurs*, did he give the title of novel (*roman*). What did Gide mean by a 'novel' and how does his conception of the novel differ from that of the *récit*? A work like *Les Faux-Monnayeurs* is meant to convey a *total* picture of the author's world, to represent all the varying facets of the creator's vision and to draw them all together in one great synthesis. It seeks to re-create the complexity of life itself, and to achieve this, depicts a multiplicity of characters and themes which intersect and interweave through the intricate fabric of its structure. Gide himself defined his conception of the novel as follows: "Le roman, tel que je le reconnais ou l'imagine, comporte une diversité de points de vue soumise à la diversité des personnages qu'il met en scène; c'est par essence une œuvre déconcentrée" (*Projet de Préface à 'Isabelle'*).

If 'deconcentration', or complexity, is the essential principle of a novel, the *récit*, for Gide, was a work of greater simplicity of line, a work of 'concentration' or 'compression' in which characters and events are thrown into more direct dramatic relief. Instead of a diversity of points of view, we have the *single* point of view of the narrator, with all the limitations that this implies. Instead of a diversity of characters traced with some psychological depth, we have the spotlight focussed on one chief character who is the sole centre of interest and beside whom the secondary characters are but pale, shadowy figures, almost without interest. The *récit* is usually the development of a *single* theme, the account of a crisis in the life of the hero, and its treatment thus tends towards the dramatic.

All this is perhaps less true in the case of *La Porte étroite* and *La Symphonie pastorale*, where there is some complexity both in structure and in the development of the secondary characters. But, at least as far as *L'Immoraliste* is concerned, Gide's conception of the *récit* led him to considerable simplification in both of these aspects. Let us take characterization first.

35

L'IMMORALISTE

In *L'Immoraliste*, the secondary characters remain largely un-developed and are used mainly for a specific purpose, to reflect the successive states of mind of the hero as he passes through the various stages of his development. Everything is centred on Michel, and the other characters portrayed have little more than symbolic value—Michel's reactions to these characters as he comes into contact with them are the most important con-siderations. Charles enters the story as a kind of embodiment of Michel's newly awakened appreciation of life, health and physical beauty, at the time when this awareness is at a positive and constructive stage. But this character, like others in the story, is only seen through the personal, transforming vision of the hero, and it is significant that, later on, when the positive phase of Michel's development is completed and the negative trend begins to assert itself, that Charles is described as "un absurde monsieur, coiffé d'un ridicule chapeau melon" (p. 192). He is soon replaced, in Michel's attentions, by equally symbolic figures like Bute and Alcide, who become, in a sense, incarnations of the evil tendencies which now predominate in the hero's mind.

Ménalque and even Marceline likewise fail to come to life. Even though, as we have seen, there are hints, in the portrayal of Ménalque's character, of certain cracks in the façade of self-assurance he presents to Michel, nevertheless he, too, on the whole, remains an abstraction, a symbolic figure whose main role is as mouthpiece for the Gidean ideas on individualism. To a large extent, he also represents a stage in Michel's develop-ment. This feeling is accentuated by the rather arbitrary way in which he appears in the middle of the book to preach his theories, and the equally arbitrary way in which he disappears, never to return, once the seeds of *immoralisme* have been sown in Michel's mind. The frail and touching Marceline is herself reduced to the proportions of a pale and insubstantial shadow.

Although we feel deeply for her in her tragic plight, we hardly know her as a human being in her own right—it is only from Michel's reactions to her attitude that we gain some knowledge of her nature, and this is inevitably distorted, albeit unconsciously, by the exaggerations of the narrator.

There is, of course, much greater depth in the treatment of the hero, Michel. Yet he is not the fully rounded hero of the fictional world of a Dickens or a Balzac. In fact, we are hardly aware of his physical presence or the details of his external appearance. Instead, we gain the vivid impression of a tortured mind in the throes of a violent conflict. Again, we think of drama, rather than of the novel. We are reminded of the theatre, of the heroes, or heroines, of classical tragedy, dominated by one besetting passion, which leads to their inevitable ruin. Gide is able to arouse in us a feeling of intense pathos and of keen psychological truth, and win our deep sympathy for Michel, in spite of his wilful attraction to evil, because he created this character out of his own flesh and blood. For the purposes of literary creation, Gide had no interest in the external world, nor in the observation of other people, which formed the basis of the fictional world of such great novelists as Balzac or Zola. The traditional novelist observes life around him, or, as Gide put it, "il voit d'abord le geste d'autrui, l'événement, et l'explique et l'interprète", and this is one of the chief starting points for his literary creation. Not so Gide, who starts from within *himself*, with an emotion or a thought which demands to be liberated and at last finds expression in the literary work. Gide classed himself as the type of novelist "qui s'attache d'abord aux émotions, aux pensées, invente événements et personnages les mieux propres à mettre ces émotions en valeur—et risque de demeurer impuissant à peindre quoi que ce soit qui n'ait d'abord pas été ressenti par l'auteur" (*Un Esprit non prévenu*, in *Divers* (Gallimard, 1931), p. 61). But because the hero's inner

37

conflict had first been felt deeply by the author himself, Michel becomes, in *L'Immoraliste*, a poignant and unforgettable figure. Even if to some extent stylized and simplified, in comparison with the much fuller creations of the great writers of fiction, Gide's hero is nevertheless a truly living human being.

The Gidean conception of the *récit*, with its emphasis on concentration and dramatic unity, led to some simplification not only in the presentation of the characters, but also in the general structure of the work. The structure of *L'Immoraliste* can be reduced to a whole series of patterns, involving a clever use of symmetry, parallelism and contrast. The work, in fact, lends itself easily to analysis by means of diagrams or graphs used to illustrate its extremely formal structure, a procedure which has been successfully adopted by Henri Maillet in his book on *L'Immoraliste* (Series *Lire Aujourd'hui*, Hachette, 1972). It is suggested that reference be made to this latter study, for here it will not be possible to attempt any more than a most general survey of the *récit*'s structure.

The basic theme of *L'Immoraliste* is the developing awareness of the individual self and the conflict which this produces in the relations between husband and wife. This theme is expressed in the symmetrical, formal structure of the work. The *récit* is divided into three parts—Part 1: the growing awareness of the self, Part 2: the assimilation of the doctrine, and Part 3: the distortion of the doctrine in practice. Part 3 presents an inverted mirror image of Part 1. From the first part to the third part, Michel follows an *ascending* curve, from sickness to health, from weakness to strength, while Marceline follows a *descending* curve, from strength to illness and, finally, to death. Marceline must 'decrease' so that Michel may 'increase'. The two curves intersect, and momentarily level out, in Part 2, which serves as a kind of transition, a temporary pause between the other two parts. There a precarious balance, and a resolution of conflict is achieved for a brief period, as Michel and his wife await the birth of their child. Throughout the work, such patterns of similarity and contrast have been elaborated with all the rigour and logic of a geometrical formula, and have been used by the author to heighten the dramatic tension of the story and even to create a sense of tragic irony. One can trace in the story many ironic parallels between certain recurring events or episodes, which set up mocking echoes in the mind of the reader and serve effectively to emphasize the bitter failure of Michel's mission.

(c) *Style*

No study of the literary techniques employed by Gide in *L'Immoraliste* would be complete without an analysis, however brief, of the style of the work. Such an analysis is indeed essential, in view of the importance which Gide, as one of the great literary artists of the twentieth century, attached to style in his writings. And, in the case of *L'Immoraliste*, it is particularly important, because of the use of the 'first-person narrator' technique: Michel is to be judged not only by what he says, but by his manner of saying it. In other words, style is to be used to throw light on the character of the hero. At the same time, in letting Michel tell his story in his own words, the author may appear to achieve the detachment from the work which was his great aim as a literary artist. Ideally, we should be aware only of the voice of the narrator speaking, and the voice of the great master of style, André Gide, should be absent from the story. But such an ideal would assume either that Michel was a great literary artist capable of telling his story as powerfully as Gide could himself, and this is not the case; or else, that we are to be content with a flat, perhaps prosaic, though authentic, account of the events, told in the manner which we might expect from a man of Michel's character and interests. The first solution would not have rung true, and the second would have had none of the redeeming features of art, would have been only a colourless imitation of reality.

Gide adopted a compromise solution. The style of *L'Immoraliste* respects, in its broad outlines, the character of the narrator, but is constantly changing in harmony with the lyrical and dramatic movement of the *récit*. Thus it reflects the terse, clipped language of the scholar, of a man not prone to verbal extravagance and who is precise in both thought and expression; a man who, furthermore, has passed through an exhausting ordeal and who is now in a state of extreme apathy and dejection. The style, in its brevity and lack of colour, often reflects this state of mind.

At other times, however, usually at periods of great emotion and drama, the style takes on the passion and intensity of the particular moment, and strict authenticity, as far as the narrator is concerned, is then abandoned. The eloquent moving voice which we hear at such times is that of Gide, not Michel, but there is at least fidelity to the *spirit* of the emotion, and the style helps us to recapture Michel's original feelings, if not his state of mind at the time of telling the story. Once we accept the artistic licence of Gide's solution to the problem of Michel as narrator, we can enjoy the immense richness and diversity of the style of *L'Immoraliste*, with its constantly changing rhythms and its wealth of imagery. Although it is not possible here to provide a more detailed analysis of this style, mention should be made of two studies which deal in some detail with this aspect of *L'Immoraliste*. They are:

S. Ullman, *The Image in the Modern French Novel* (pp. 23–30), for a study of Gide's use of imagery in the work, and:

J. C. Davies, '*L'Immoraliste*' *and* '*La Porte étroite*' (pp. 40–48), for further illustration of the points already referred to in this section.

INTRODUCTION

Historical perspectives

As far as Gide's own literary career is concerned, *L'Immoraliste* may be considered a most important work, for, after ten years of experiments with various styles and various literary forms, the writer here finally achieved mastery in a *genre* which he was to make peculiarly his own. The break with the works of his youth is complete. After the heavily artificial, Symbolist-impregnated atmosphere of *André Walter*, *Le Traité du Narcisse* and *Le Voyage d'Urien*, Gide has now achieved a classical balance and restraint in his literary expression. He has turned from classical myth and allegory, from biblical subjects and heroes, to the realistic evocation of modern man in a contemporary setting. As a result, his work achieves a greater sense of urgency and relevance for the present-day reader.

L'Immoraliste is also a highly significant work if looked at in the light of the general development of the novel in France during the nineteenth and twentieth centuries. In fact, placed as it is, chronologically, at the very turn of the century, it stands at the crossroads between the 'normal' or traditional novel of nineteenth century Realism and the much more flexible *genre* which has developed over the last 70 years. Realism was based on detailed documentation and close observation of the contemporary world; it aimed at portraying social life and manners by minute descriptions of people and places; by the authentic re-creation of the atmosphere of a period. *L'Immoraliste*, as indeed the rest of Gide's fictional work, constitutes a violent reaction against the traditional interests of the Realist or Naturalist novel. Here there are no tedious or interminable descriptions, but simply, when it is a question of delineating a character, "deux ou trois traits, exactement à la bonne place" (*Les Faux-Monnayeurs* (*Romans*), p. 1000). The rest is left to the reader's imagination, and the interest is concentrated solely on what was

L'IMMORALISTE

Gide's chief preoccupation, *la vie intérieure* of the hero.

If *L'Immoraliste* represents a break with nineteenth century
Realism, it also represents a reaction against the Symbolist
movement, which had nevertheless been a fruitful source of
inspiration for the early works of Gide. The Symbolist nostalgia
for an inaccessible, mystical ideal of purity had been clearly in
evidence in Gide's first works and the excessive artificiality and
frequent obscurity of their style bore testimony to the influence
of these late nineteenth century poets on the young Gide.
L'Immoraliste itself still bears some traces of this Symbolist
influence, which is also found at times in an even later *récit*, *La
Porte étroite*. But by the end of the nineteenth century, Gide had
largely shaken off any Symbolist excesses in his work, though not
always without difficulty, as he admitted in a letter attached to
the first manuscript of *L'Immoraliste*: "J'eus le plus grand mal à
reprendre pied dans le réel et à résigner les théories de l'école
(symboliste)". While retaining in his work the good qualities of
Symbolism, such as its almost sacred reverence for the uniqueness of the individual, Gide now chose to descend from the Ivory
Tower of Self-Contemplation, to resume contact with real life
and at the same time to strip his style of all pedantry and
affectation. By the time he came to write *L'Immoraliste*, both his
style and his thought had gained the clarity, precision and
sobriety which was thereafter to characterize all his writings.
With the publication of this *récit*, the signposts are pointing
firmly towards the Classical Revival in French literature which
will make its appearance with the foundation, in 1909, of the
Nouvelle Revue Française, and in which Gide himself will be one
of the leading lights. Restraint, lucidity of thought and expression, a belief in the sanctity of art and a reverence for beauty,
no matter what form it may take—these are to be the guidelines
of the new movement, which will exert such a powerful influence
on French literature in the twentieth Century. *L'Immoraliste*,

although appearing before the advent of the *Nouvelle Revue Française*, clearly belongs in spirit to the ideals of this New Classicism.

The appearance of *L'Immoraliste* also coincides with a revival in France, in the twentieth century, of the psychological novel or *roman d'analyse*, to some extent in reaction against the materialist preoccupations of the exponents of Naturalism. From the authentic reproduction of the external world and of social life, the novel once more turns inward, to the exploration of the inner self and the analysis of states of mind. With this is renewed an old tradition of the French novel, beginning with *La Princesse de Clèves* in the seventeenth century and passing through Rousseau's *La Nouvelle Héloïse* in the eighteenth and Benjamin Constant's *Adolphe* in the nineteenth, to name only a few of the best-known works in this tradition. But with Proust and Gide, in the first part of the twentieth century, this *genre* takes on a fresh lease of life, the inner recesses of the mind are explored with a finesse and a subtlety which were hitherto unknown and the deep regions of the subconscious are revealed as never before. *L'Immoraliste* owes much of its significance to the fact that it is one of the first examples of this new trend in the French novel. One of the most original features of the *récit* is well described by Germaine Brée: "Gide a ouvert dans le récit toute la zone des significations faussées, consciemment ou inconsciemment, par le protagoniste; il exploite délibérément les ambiguïtés de la vie intérieure . . . avec une prescience remarquable des découvertes que fera Freud" (*André Gide*, p. 160).

Some of the Freudian, or rather pre-Freudian, aspects of the work have already been discussed in this introduction, in our analysis of Michel's subconscious repressions. Professor Brée's comment deserves to be emphasized, for, some 20 years before the discovery of Freud in France, it is indeed remarkable to observe, in *L'Immoraliste*, the Freudian implications of Michel's

behaviour. In this way, as in many other ways, Gide has antici-
pated, in his work, literary tendencies or trends which will only
become apparent much later in the twentieth century.

The most remarkable of these unconscious insights is Gide's
anticipation, in *L'Immoraliste*, of the Existentialist theories which
will prevail towards the middle of the century. Gide becomes,
almost in spite of himself, a prophet of the age of Existentialism.
In many ways, of course, Michel's anarchism and revolt against
society belongs to the end of the nineteenth century, where
there is a strong climate of individualism that finds its most
striking expression in Nietzsche's Superman. But, like the heroes
of the fiction of Camus and Sartre, Michel denies all absolute
moral values, condemns bourgeois conformism and attempts to
realize his true self by individual action. We are specifically
reminded of the Sartrean principle that "existence precedes
essence, and that to exist, is to act", just as, in Camus' *L'Étranger*,
Meursault's revolt against society and the absurdity of the world
appears to us as not without analogies with Michel's own protest.

L'Immoraliste thus serves not only as a mirror faithfully reflect-
ing the tendencies of its own age, but as a signpost pointing
prophetically to the future. From the point of view of literary
history, it remains one of the most significant works of the present
century.

(*Unless otherwise specified, all references in the Introduction and
Notes to works by Gide are to the Pléiade editions: for novels, to* Romans,
Paris, 1958; *for the* Journal, *to* Journal, 1889–1939, *Paris, 1949.*)

SUGGESTIONS FOR FURTHER READING

P. DE BOISDEFFRE, *La Vie d'André Gide*, Vol. 1 (Hachette, 1970)

G. BRÉE, *André Gide—L'insaisissable Protée* (Les Belles Lettres, 1953)

E. CANCALON, *Techniques et personnages dans les récits d'André Gide* (Archives des Lettres modernes, Minard, 1970)

J. C. DAVIES, *"L'Immoraliste" and "La Porte étroite"*, (Studies in French Literature, Edward Arnold, 1968) (includes study of complementary nature of these two works)

J. DELAY, *La Jeunesse d'André Gide* (N.R.F., 2 vols, 1956–58)

A. GIDE, *Si le grain ne meurt . . .* in *Journal 1939–49, Souvenirs* (Pléiade, N.R.F., 1954) (for autobiographical elements in *L'Immoraliste*)

A. GUERARD, *André Gide* (Harvard University Press, 2nd edition, 1969)

J. HYTIER, *André Gide* (Translated by R. Howard, Doubleday, N.Y., 1962)

R. LANG, *André Gide et la pensée allemande* (Librairie de l'Université de Fribourg, Thesis, Columbia, 1949)

P. LAFILLE, *André Gide romancier* (Hachette, 1954)

H. MAILLET, *"L'Immoraliste" d'André Gide* (series *Lire Aujourd'hui*, Hachette, 1972)

J. O'BRIEN, *Portrait of André Gide* (Secker & Warburg, 1953)

E. STARKIE, *André Gide* (Bowes & Bowes, 1953)

S. ULLMAN, *The Image in the Modern French Novel* (Cambridge University Press, 1960)

L'IMMORALISTE

NOTE

An underlining in the text indicates that the word underlined or the immediately preceding phrase is explained or discussed in the Notes at the end of the book.

*Je te loue, ô mon Dieu, de ce
que tu m'as fait créature si admirable.*

PSAUMES, CXXXIX, 14.

*Je donne ce livre pour ce qu'il vaut. C'est un fruit
plein de cendre amère; il est pareil aux coloquintes du
désert qui croissent aux endroits calcinés et ne présentent
à la soif qu'une plus atroce brûlure, mais sur le sable
d'or ne sont pas sans beauté.*

*Que si j'avais donné mon héros pour exemple, il faut
convenir que j'aurais bien mal réussi; les quelques rares
qui voulurent bien s'intéresser à l'aventure de Michel, ce
fut pour le honnir de toute la force de leur bonté. Je
n'avais pas en vain orné de tant de vertus Marceline;
on ne pardonnait pas à Michel de ne pas la préférer à soi.*

*Que si j'avais donné ce livre pour un acte d'accusation
contre Michel, je n'aurais guère réussi davantage, car
nul ne me sut gré de l'indignation qu'il ressentait contre
mon héros; cette indignation, il semblait qu'on la ressentît
malgré moi; de Michel elle débordait sur moi-même; pour
un peu, l'on voulait me confondre avec lui.*

47

Mais je n'ai voulu faire en ce livre non plus acte d'accusation qu'apologie, et me suis gardé de juger. Le public ne pardonne plus, aujourd'hui, que l'auteur, après l'action qu'il peint, ne se déclare pas pour ou contre; bien plus, au cours même du drame on voudrait qu'il prît parti, qu'il se prononçât nettement soit pour Alceste, soit pour Philinte, pour Hamlet ou pour Ophélie, pour Faust ou pour Marguerite, pour Adam ou pour Jéhovah. Je ne prétends pas, certes, que la neutralité (j'allais dire : l'indécision) soit signe sûr d'un grand esprit; mais je crois que maints grands esprits ont beaucoup répugné à... conclure — et que bien poser un problème n'est pas le supposer d'avance résolu.

C'est à contrecœur que j'emploie ici le mot « problème ». A vrai dire, en art, il n'y a pas de problèmes — dont l'œuvre d'art ne soit la suffisante solution.

Si par « problème » on entend « drame », dirai-je que celui que ce livre raconte, pour se jouer en l'âme même de mon héros, n'en est pas moins trop général pour rester circonscrit dans sa singulière aventure. Je n'ai pas la prétention d'avoir inventé ce « problème »; il existait avant mon livre; que Michel triomphe ou succombe, le « problème » continue d'être, et l'auteur ne propose comme acquis ni le triomphe, ni la défaite.

Que si quelques esprits distingués n'ont consenti de voir en ce drame que l'exposé d'un cas bizarre, et en son héros qu'un malade; s'ils ont méconnu que quelques idées très

48

pressantes et d'intérêt très général peuvent cependant l'habiter — la faute n'en est pas à ces idées ou à ce drame,
mais à l'auteur, et j'entends : à sa maladresse — encore
qu'il ait mis dans ce livre toute sa passion, toutes ses
larmes et tout son soin. Mais l'intérêt réel d'une œuvre
et celui que le public d'un jour y porte, ce sont deux choses
très différentes. On peut sans trop de fatuité, je crois,
préférer risquer de n'intéresser point le premier jour, avec
des choses intéressantes — que passionner sans lendemain
un public friand de fadaises.

Au demeurant, je n'ai cherché de rien prouver, mais de
bien peindre et d'éclairer bien ma peinture.

A Henri Ghéon
son franc camarade

A. G.

(A Monsieur D. R., président du Conseil.)

Sidi b. M., 30 juillet 189.

Oui, tu le pensais bien : Michel nous a parlé, mon cher frère. Le récit qu'il nous fit, le voici. Tu l'avais demandé; je te l'avais promis; mais à l'instant de l'envoyer, j'hésite encore, et plus je le relis et plus il me paraît affreux. Ah! que vas-tu penser de notre ami? D'ailleurs qu'en pensé-je moi-même? Le réprouverons-nous simplement, niant qu'on puisse tourner à bien des facultés qui se manifestent cruelles? — Mais il en est plus d'un aujourd'hui, je le crains, qui oserait en ce récit se reconnaître. Saura-t-on inventer l'emploi de tant d'intelligence et de force — ou refuser à tout cela droit de cité?

En quoi Michel peut-il servir l'État? J'avoue que je l'ignore... Il lui faut une occupation. La

51

haute position que t'ont value tes grands <u>mérites</u>, le pouvoir que tu tiens, permettront-ils de la trouver? — Hâte-toi. Michel est dévoué : il l'est encore; il ne le sera bientôt plus qu'à lui-même.

Je t'écris sous un azur parfait; depuis les douze jours que Denis, Daniel et moi sommes ici, pas un nuage, pas une diminution de soleil. Michel dit que le ciel est pur depuis deux mois.

Je ne suis ni triste, ni gai; l'air d'ici vous emplit d'une exaltation très vague et vous fait connaître un état qui paraît aussi loin de la gaîté que de la peine; peut-être que c'est le bonheur.

Nous restons auprès de Michel; nous ne voulons pas le quitter; tu comprendras pourquoi, si tu veux bien lire ces pages; c'est donc ici, dans sa demeure, que nous attendons ta réponse; ne tarde pas.

Tu sais quelle amitié de collège, forte déjà, mais chaque année grandie, liait Michel à Denis, à Daniel, à moi. Entre nous quatre une sorte de pacte fut conclu : au moindre appel de l'un devaient répondre les trois autres. Quand donc je reçus de Michel ce mystérieux cri d'alarme, je prévins aussitôt Daniel et Denis, et tous trois, quittant tout, nous partîmes.

Nous n'avions pas revu Michel depuis trois ans. Il s'était marié, avait emmené sa femme en voyage, et, lors de son dernier passage à Paris, Denis était en Grèce, Daniel en Russie, moi retenu, tu le sais, auprès de notre père malade. Nous n'étions pourtant pas restés sans nouvelles; mais celles que Silas et Will, qui l'avaient revu, nous donnèrent, n'avaient pu que nous étonner. Un changement se produisait en lui, que nous n'expliquions pas encore. Ce n'était plus le puritain très docte de naguère, aux gestes maladroits à force d'être <u>convaincus</u>, aux regards si clairs que devant eux souvent nos trop libres propos s'arrêtèrent. C'était... mais pourquoi t'indiquer déjà ce que son récit va te dire?

Je t'adresse donc ce récit, tel que Denis, Daniel et moi l'entendîmes. Michel le fit sur sa terrasse où près de lui nous étions étendus dans l'ombre et dans la clarté des étoiles. A la fin du récit, nous avons vu le jour se lever sur la plaine. La maison de Michel la domine, ainsi que le village dont elle n'est distante que peu. Par la chaleur, et toutes les moissons fauchées, cette plaine ressemble au désert.

La maison de Michel, bien que pauvre et bizarre, est charmante. L'hiver, on souffrirait du froid, car pas de vitres aux fenêtres; ou plutôt pas de fenêtres du tout, mais de vastes trous dans les murs. Il fait si beau que nous couchons dehors sur des nattes.

Que je te dise encore que nous avions fait bon voyage. Nous sommes arrivés ici le soir, exténués de chaleur, ivres de nouveauté, nous étant arrêtés à peine à Alger, puis à Constantine. De Constantine un nouveau train nous emmenait jusqu'à Sidi b. M. où une carriole attendait. La route cesse loin du village. Celui-ci perche au haut d'un roc comme certains bourgs de l'Ombrie. Nous montâmes à pied; deux mulets avaient pris nos valises. Quand on y vient par ce chemin, la maison de Michel est la première du village. Un jardin fermé de murs bas, ou plutôt un enclos l'entoure, où croissent trois grenadiers déjetés et un superbe laurier-rose. Un enfant kabyle était là, qui s'est enfui dès notre approche, escaladant le mur sans façon.

Michel nous a reçus sans témoigner de joie; très simple, il semblait craindre toute manifestation de tendresse; mais sur le seuil, d'abord, il embrassa chacun de nous trois gravement.

Jusqu'à la nuit nous n'échangeâmes pas dix paroles. Un dîner presque tout frugal était prêt dans un salon dont les somptueuses décorations nous étonnèrent, mais que t'expliquera le récit de Michel. Puis il nous servit le café qu'il prit soin de faire lui-même. Puis nous montâmes sur la terrasse d'où la vue à l'infini s'étendait, et, tous

trois, pareils aux trois amis de <u>Job,</u> nous atten-
dîmes, admirant sur la plaine en feu le déclin
brusque de la journée.

Quand ce fut la nuit, Michel dit :

PREMIÈRE PARTIE

Mes chers amis, je vous savais fidèles. A mon
appel vous êtes accourus, tout comme j'eusse fait
au vôtre. Pourtant voici trois ans que vous ne
m'aviez vu. Puisse votre amitié, qui résiste si bien
à l'absence, résister aussi bien au récit que je veux
vous faire. Car si je vous appelai brusquement, et
vous fis voyager jusqu'à ma demeure lointaine,
c'est pour vous voir, uniquement, et pour que vous
puissiez m'entendre. Je ne veux pas d'autre secours
que celui-là : vous parler. Car je suis à tel point
de ma vie que je ne peux plus dépasser. Pourtant
ce n'est pas lassitude. Mais je ne comprends plus.
J'ai besoin... J'ai besoin de parler, vous dis-je.
Savoir se libérer n'est rien; l'ardu, c'est savoir être
libre. — Souffrez que je parle de moi; je vais vous
raconter ma vie, simplement, sans modestie et sans

orgueil, plus simplement que si je parlais à moi-
même. Écoutez-moi :

La dernière fois que nous nous vîmes, c'était,
il m'en souvient, aux environs d'Angers, dans la
petite église de campagne où mon mariage se célé-
brait. Le public était peu nombreux, et l'excel-
lence des amis faisait de cette cérémonie banale
une cérémonie touchante. Il me semblait que l'on
était ému, et cela m'émouvait moi-même. Dans
la maison de celle qui devenait ma femme, un
court repas vous réunit à nous au sortir de l'église;
puis la voiture commandée nous emmena, selon
l'usage qui joint en nos esprits, à l'idée d'un
mariage, la vision d'un quai de départ.

Je connaissais très peu ma femme et pensais,
sans en trop souffrir, qu'elle ne me connaissait
pas davantage. Je l'avais épousée sans amour,
beaucoup pour complaire à mon père, qui, mourant, s'inquiétait de me laisser seul. J'aimais mon
père tendrement; occupé par son agonie, je ne
songeai, en ces tristes moments, qu'à lui rendre
sa fin plus douce; et ainsi j'engageai ma vie sans
savoir ce que pouvait être la vie. Nos fiançailles
au chevet du mourant furent sans rires, mais non
sans grave joie, tant la paix qu'en obtint mon
père fut grande. Si je n'aimais pas, dis-je, ma

fiancée, du moins n'avais-je jamais aimé d'autre femme. Cela suffisait à mes yeux pour assurer notre bonheur; et, m'ignorant encore moi-même, je crus me donner tout à elle. Elle était orpheline, elle aussi, et vivait avec ses deux frères. Marceline avait à peine vingt ans; j'en avais quatre de plus qu'elle.

J'ai dit que je ne l'aimais point; du moins n'éprouvais-je pour elle rien de ce qu'on appelle amour, mais je l'aimais, si l'on veut entendre par là de la tendresse, une sorte de pitié, enfin une estime assez grande. Elle était catholique et je suis protestant... mais je croyais l'être si peu! le prêtre m'accepta; moi j'acceptai le prêtre : cela se joua sans impair.

Mon père était, comme l'on dit, « athée »; du moins je le suppose, n'ayant, par une sorte d'invincible pudeur que je crois bien qu'il partageait, jamais pu causer avec lui de ses croyances. Le grave enseignement huguenot de ma mère s'était, avec sa belle image, lentement effacé en mon cœur; vous savez que je la perdis jeune. Je ne soupçonnais pas encore combien cette première morale d'enfant nous maîtrise, ni quels plis elle laisse à l'esprit. Cette sorte d'austérité dont ma mère m'avait laissé le goût en m'en inculquant les principes, je la reportai toute à l'étude. J'avais

quinze ans quand je perdis ma mère; mon père
s'occupa de moi, m'entoura et mit sa passion à
m'instruire. Je savais déjà bien le latin et le grec;
avec lui j'appris vite l'hébreu, le sanscrit, et enfin
le persan et l'arabe. Vers vingt ans, j'étais si
chauffé qu'il osait m'associer à ses travaux. Il
s'amusait à me prétendre son égal et voulut m'en
donner la preuve. L'*Essai sur les cultes phrygiens*, qui
parut sous son nom, fut mon œuvre; à peine
l'avait-il revu; rien jamais ne lui valut tant d'éloges.
Il fut ravi. Pour moi, j'étais confus de voir cette
supercherie réussir. Mais désormais je fus lancé.
Les savants les plus érudits me traitaient comme
leur collègue. Je souris maintenant de tous les
honneurs qu'on me fit... Ainsi j'atteignis vingt-
cinq ans, n'ayant presque rien regardé que des
ruines ou des livres, et ne connaissant rien de la
vie; j'usais dans le travail une ferveur singulière.
J'aimais quelques amis (vous en fûtes), mais plutôt l'amitié qu'eux-mêmes; mon dévouement pour
eux était grand, mais c'était besoin de noblesse;
je chérissais en moi chaque beau sentiment. Au
demeurant, j'ignorais mes amis, comme je m'ignorais moi-même. Pas un instant ne me survint
l'idée que j'eusse pu mener une existence différente ni qu'on pût vivre différemment.

A mon père et à moi des choses simples suffisaient; nous dépensions si peu tous deux, que j'atteignis mes vingt-cinq ans sans savoir que nous étions riches. J'imaginais, sans y songer souvent, que nous avions seulement de quoi vivre; et j'avais pris, près de mon père, des habitudes d'économie telles que je fus presque gêné quand je compris que nous possédions beaucoup plus. J'étais à ce point distrait de ces choses, que ce ne fut même pas après le décès de mon père, dont j'étais unique héritier, que je pris conscience un peu plus nette de ma fortune, mais seulement lors du contrat de mon mariage, et pour m'apercevoir du même coup que Marceline ne m'apportait presque rien.

Une autre chose que j'ignorais, plus importante encore peut-être, c'est que j'étais d'une santé très délicate. Comment l'eussé-je su, ne l'ayant pas mise à l'épreuve? J'avais des rhumes de temps à autre, et les soignais négligemment. La vie trop calme que je menais m'affaiblissait et me préservait à la fois. Marceline, au contraire, semblait robuste; et qu'elle le fût plus que moi, c'est ce que nous devions bientôt apprendre.

Le soir même de nos noces, nous couchions dans mon appartement de Paris, où l'on nous avait préparé deux chambres. Nous ne restâmes à Paris que le temps qu'il fallut pour d'indispensables

emplettes, puis gagnâmes Marseille, d'où nous nous
embarquâmes aussitôt pour Tunis.

Les soins urgents, l'étourdissement des derniers
événements trop rapides, l'indispensable émotion
des noces venant sitôt après celle plus réelle de
mon deuil, tout cela m'avait épuisé. Ce ne fut
que sur le bateau que je pus sentir ma fatigue.
Jusqu'alors chaque occupation, en l'accroissant,
m'en distrayait. Le loisir obligé du bord me permettait enfin de réfléchir. C'était, me semblait-il,
pour la première fois.

Pour la première fois aussi, je consentais d'être
privé longtemps de mon travail. Je ne m'étais
accordé jusqu'alors que de courtes vacances. Un
voyage en Espagne avec mon père, peu de temps
après la mort de ma mère, avait, il est vrai,
duré plus d'un mois; un autre, en Allemagne,
six semaines; d'autres encore; mais toujours des
voyages d'études; mon père ne s'y distrayait point
de ses recherches très précises; moi, sitôt que je
ne l'y suivais plus, je lisais. Et pourtant, à peine
avions-nous quitté Marseille, divers souvenirs de
Grenade et de Séville se ravivèrent, de ciel plus
pur, d'ombres plus franches, de fêtes, de rires et
de chants. Voilà ce que nous allons retrouver,
pensai-je. Je montai sur le pont du navire et
regardai Marseille s'écarter.

Puis, brusquement, je songeai que je délaissais un peu Marceline.

Elle était assise à l'avant; je m'approchai, et, pour la première fois vraiment, la regardai.

Marceline était très jolie. Vous le savez; vous l'avez vue. Je me reprochai de ne m'en être pas d'abord aperçu. Je la connaissais trop pour la voir avec nouveauté; nos familles de tout temps étaient liées; je l'avais vue grandir; j'étais habitué à sa grâce... Pour la première fois je m'étonnai, tant cette grâce me parut grande.

Sur un simple chapeau de paille noire elle laissait flotter un grand voile. Elle était blonde, mais ne paraissait pas délicate. Sa jupe et son corsage pareils étaient faits d'un châle écossais que nous avions choisi ensemble. Je n'avais pas voulu qu'elle s'assombrît de mon deuil.

Elle sentit que je la regardais, se retourna vers moi... Jusqu'alors je n'avais eu près d'elle qu'un empressement de commande; je remplaçais, tant bien que mal, l'amour par une sorte de galanterie froide qui, je le voyais bien, l'importunait un peu; Marceline sentit-elle à cet instant que je la regardais pour la première fois d'une manière différente? A son tour, elle me regarda fixement; puis, très tendrement, me sourit. Sans parler, je m'assis près d'elle. J'avais vécu pour moi ou du

63

moins selon moi jusqu'alors; je m'étais marié sans
imaginer en ma femme autre chose qu'un camarade, sans songer bien précisément que, de notre
union, ma vie pourrait être changée. Je venais
de comprendre enfin que là cessait le mono-
logue.

Nous étions tous deux seuls sur le pont. Elle
tendit son front vers moi; je la pressai doucement contre moi; elle leva les yeux; je l'embrassai
sur les paupières, et sentis brusquement, à la faveur
de mon baiser, une sorte de pitié nouvelle; elle
m'emplit si violemment, que je ne pus retenir mes
larmes.

— Qu'as-tu donc? me dit Marceline.

Nous commençâmes à parler. Ses propos charmants me ravirent. Je m'étais fait, comme j'avais
pu, quelques idées sur la sottise des femmes. Près
d'elle, ce soir-là, ce fut moi qui me parus gauche
et stupide.

Ainsi donc, celle à qui j'attachais ma vie avait
sa vie propre et réelle! L'importance de cette pensée m'éveilla plusieurs fois cette nuit; plusieurs fois
je me dressai sur ma couchette pour voir, sur l'autre
couchette plus bas, Marceline, ma femme, dormir.

Le lendemain, le ciel était splendide; la mer
calme à peu près. Quelques conversations point
pressées diminuèrent encore notre gêne. Le ma-

riage vraiment commençait. Au matin du dernier
jour d'octobre, nous débarquâmes à Tunis.

Mon intention était de n'y rester que peu de
jours. Je vous confesserai ma sottise : rien dans
ce pays neuf ne m'attirait que Carthage et quelques
ruines romaines : Timgat, dont Octave m'avait
parlé, les mosaïques de Sousse et surtout l'amphithéâtre d'El Djem, où je me proposais de courir
sans tarder. Il fallait d'abord gagner Sousse, puis
de Sousse prendre la voiture des postes; je voulais
que rien d'ici là ne fût digne de m'occuper.

Pourtant Tunis me surprit fort. Au toucher de
nouvelles sensations s'émouvaient telles parties de
moi, des facultés endormies qui, n'ayant pas encore
servi, avaient gardé toute leur mystérieuse jeunesse.
J'étais plus étonné, ahuri, qu'amusé, et ce qui me
plaisait surtout, c'était la joie de Marceline.

Ma fatigue cependant devenait chaque jour plus
grande; mais j'eusse trouvé honteux d'y céder. Je
toussais et sentais au haut de la poitrine un trouble
étrange. Nous allons vers le sud, pensais-je; la chaleur me remettra.

La diligence de Sfax quitte Sousse le soir à
huit heures; elle traverse El Djem à une heure du
matin. Nous avions retenu les places du coupé.
Je m'attendais à trouver une guimbarde inconfor-

table; nous étions au contraire assez commodément installés. Mais le froid!... Par quelle puérile confiance en la douceur d'air du Midi, légèrement vêtus tous deux, n'avions-nous emporté qu'un châle? Sitôt sortis de Sousse et de l'abri de ses collines, le vent commença de souffler. Il faisait de grands bonds sur la plaine, hurlait, sifflait, entrait par chaque fente des portières; rien ne pouvait en préserver. Nous arrivâmes tout transis, moi, de plus, exténué par les cahots de la voiture, et par une horrible toux qui me secouait encore plus. Quelle nuit! — Arrivés à El Djem, pas d'auberge; un affreux bordj en tenait lieu : que faire? La diligence repartait. Le village était endormi; dans la nuit qui paraissait immense, on entrevoyait vaguement la masse informe des ruines; des chiens hurlaient. Nous rentrâmes dans une salle terreuse où deux lits misérables étaient dressés. Marceline tremblait de froid, mais là du moins le vent ne nous atteignait plus.

Le lendemain fut un jour morne. Nous fûmes surpris, en sortant, de voir un ciel uniformément gris. Le vent soufflait toujours, mais moins impétueusement que la veille. La diligence ne devait repasser que le soir... Ce fut, vous dis-je, un jour lugubre. L'amphithéâtre, en quelques instants parcouru, me déçut; même il me parut laid, sous ce

ciel terne. Peut-être ma fatigue aidait-elle, aug-
mentait-elle mon ennui. Vers le milieu du jour,
par désœuvrement, j'y revins, cherchant en vain
quelques inscriptions sur les pierres. Marceline, à
l'abri du vent, lisait un livre anglais qu'elle avait
par bonheur emporté. Je revins m'asseoir auprès
d'elle.

— Quel triste jour! Tu ne t'ennuies pas trop?
lui dis-je.

— Non, tu vois : je lis.

— Que sommes-nous venus faire ici? Tu n'as
pas froid, au moins.

— Pas trop. Et toi? C'est vrai! tu es tout pâle.

— Non...

La nuit, le vent reprit sa force... Enfin la diligence arriva. Nous repartîmes.

Dès les premiers cahots je me sentis brisé. Marceline, très fatiguée, s'endormit vite sur mon épaule.
Mais ma toux va la réveiller, pensai-je, et doucement, doucement, me dégageant, je l'inclinai vers
la paroi de la voiture. Cependant je ne toussais
plus, non : je crachais; c'était nouveau; j'amenais
cela sans effort; cela venait par petits coups, à
intervalles réguliers; c'était une sensation si bizarre
que d'abord je m'en amusai presque, mais je fus
bien vite écœuré par le goût inconnu que cela me
laissait dans la bouche. Mon mouchoir fut vite

hors d'usage. Déjà j'en avais plein les doigts. Vais-je réveiller Marceline?... Heureusement je me souvins d'un grand foulard qu'elle passait à sa ceinture. Je m'en emparai doucement. Les crachats que je ne retins plus vinrent avec plus d'abondance. J'en étais extraordinairement soulagé. C'est la fin du rhume, pensais-je. Soudain je me sentis très faible; tout se mit à tourner et je crus que j'allais me trouver mal. Vais-je la réveiller?... ah! fi!... (J'ai gardé, je crois, de mon enfance puritaine la haine de tout abandon par faiblesse; je le nomme aussitôt <u>lâcheté</u>.) Je me repris, me <u>cramponnai</u>, finis par maîtriser mon vertige... Je me crus sur mer de nouveau, et le bruit des roues devenait le bruit de la lame... Mais j'avais cessé de cracher.

Puis, je roulai dans une sorte de sommeil.

Quand j'en sortis, le ciel était déjà plein d'aube; Marceline dormait encore. Nous approchions. Le foulard que je tenais à la main était sombre, de sorte qu'il n'y paraissait rien d'abord; mais, quand je ressortis mon mouchoir, je vis avec stupeur qu'il était plein de sang.

Ma première pensée fut de cacher ce sang à Marceline. Mais comment? — J'en étais tout taché; j'en voyais partout, à présent; mes doigts surtout... — J'aurai saigné du nez... C'est cela; si elle interroge, je lui dirai que j'ai saigné du nez.

Marceline dormait toujours. On arriva. Elle dut descendre d'abord et ne vit rien. On nous avait gardé deux chambres. Je pus m'élancer dans la mienne, laver, faire disparaître le sang. Marceline n'avait rien vu.

Pourtant je me sentais très faible et fis monter du thé pour nous deux. Et tandis qu'elle l'apprêtait, très calme, un peu pâle elle-même, souriante, une sorte d'irritation me vint de ce qu'elle n'eût rien su <u>voir.</u> Je me sentais injuste, il est vrai, me disais : si elle n'a rien vu, c'est que je cachais bien; n'importe; rien n'y <u>fit</u>; cela grandit en moi comme un instinct, m'envahit... à la fin cela fut trop fort; je n'y tins plus : comme distraitement, je lui dis :

— J'ai craché le sang, cette nuit.

Elle n'eut pas un cri; simplement elle devint beaucoup plus pâle, chancela, voulut se retenir, et tomba lourdement sur le plancher.

Je m'élançai vers elle avec une sorte de rage : Marceline! Marceline! — Allons bon! qu'ai-je fait! Ne suffisait-il pas que *moi* je sois malade? — Mais j'étais, je l'ai dit, très faible; peu s'en fallut que je ne me trouvasse mal à mon tour. J'ouvris la porte; j'appelai; on accourut.

Dans ma valise se trouvait, je m'en souvins, une lettre d'introduction auprès d'un officier de la ville;

je m'autorisai de ce mot pour envoyer chercher le major.

Marceline cependant s'était remise; à présent elle était au chevet de mon lit, dans lequel je tremblais de fièvre. Le major arriva, nous examina tous les deux : Marceline n'avait rien, affirma-t-il, et ne se ressentait pas de sa chute; moi j'étais atteint gravement; même il ne voulut pas se prononcer et promit de revenir avant le soir.

Il revint, me sourit, me parla et me donna divers remèdes. Je compris qu'il me condamnait. — Vous l'avouerai-je? Je n'eus pas un sursaut. J'étais las. Je m'abandonnai, simplement. — « Après tout, que m'offrait la vie? J'avais bien travaillé jusqu'au bout, fait résolument et passionnément mon devoir. Le reste... ah! que m'importe? » pensais-je, en trouvant suffisamment beau mon stoïcisme. Mais ce dont je souffrais, c'était de la laideur du lieu. « Cette chambre d'hôtel est affreuse » — et je la regardai. Brusquement, je songeai qu'à côté, dans une chambre pareille, était ma femme, Marceline; et je l'entendis qui parlait. Le docteur n'était pas parti; il s'entretenait avec elle; il s'efforçait de parler bas. Un peu de temps passa : je dus dormir...

Quand je me réveillai, Marceline était là. Je compris qu'elle avait pleuré. Je n'aimais pas assez

la vie pour avoir pitié de moi-même; mais la laideur de ce lieu me gênait; presque avec volupté
mes yeux se reposaient sur elle.

A présent, près de moi, elle écrivait. Elle me paraissait jolie. Je la vis fermer plusieurs lettres. Puis
elle se leva, s'approcha de mon lit, tendrement prit
ma main :

— Comment te sens-tu maintenant? me dit-
elle. Je souris, lui dis tristement :

— Guérirai-je? Mais, aussitôt, elle me répondit : — Tu guériras! — avec une conviction si pas-
sionnée que, presque convaincu moi-même, j'eus
comme un confus sentiment de tout ce que la vie
pouvait être, de son amour à elle, la vague vision
de si pathétiques beautés, que les larmes jaillirent
de mes yeux et que je pleurai longuement sans
pouvoir ni vouloir m'en défendre.

Par quelle violence d'amour elle put me faire
quitter Sousse; entouré de quels soins charmants,
protégé, secouru, veillé... de Sousse à Tunis, puis
de Tunis à Constantine, Marceline fut admirable.
C'est à Biskra que je devais guérir. Sa confiance
était parfaite; son zèle ne retomba pas un instant.
Elle préparait tout, dirigeait les départs et s'assurait
des logements. Elle ne pouvait faire, hélas! que ce
voyage fût moins atroce. Je crus plusieurs fois
devoir m'arrêter et finir. Je suais comme un mori-

bond, j'étouffais, par moments perdais connaissance. A la fin du troisième jour, j'arrivai à Biskra
comme mort.

Pourquoi parler des premiers jours? Qu'en reste-t-il? Leur affreux souvenir est sans voix. Je ne savais plus ni qui, ni où j'étais. Je revois seulement, au-dessus de mon lit d'agonie, Marceline, ma femme, ma vie, se pencher. Je sais que ses soins passionnés, que son amour seul, me sauvèrent. Un jour enfin, comme un marin perdu qui aperçoit la terre, je sentis qu'une lueur de vie se réveillait; je pus sourire à Marceline. Pourquoi raconter tout cela? L'important, c'était que la mort m'eût touché, comme l'on dit, de son aile. L'important, c'est qu'il devînt pour moi très étonnant que je vécusse, c'est que le jour devînt pour moi d'une lumière inespérée. Avant, pensais-je, je ne comprenais pas que je vivais. Je devais faire de la vie la palpitante découverte.

Le jour vint où je pus me lever. Je fus complètement séduit par notre <u>home</u>. Ce n'était presque
qu'une terrasse. Quelle terrasse! Ma chambre et
celle de Marceline y donnaient; elle se prolongeait
sur des toits. L'on voyait, lorsqu'on en avait atteint
la partie la plus haute, par-dessus les maisons, des
palmiers; par-dessus les palmiers, le désert. L'autre
côté de la terrasse touchait aux jardins de la ville;
les branches des derniers mimosas l'ombrageaient;
enfin elle longeait la cour, une petite cour régulière, plantée de six palmiers réguliers, et finissait
à l'escalier qui la reliait à la cour. Ma chambre
était vaste, aérée; murs blanchis à la chaux, rien
aux murs; une petite porte menait à la chambre
de Marceline; une grande porte vitrée ouvrait sur
la terrasse.

Là coulèrent des jours sans heures. Que de fois,
dans ma solitude, j'ai revu ces lentes journées!...
Marceline est auprès de moi. Elle lit; elle coud;
elle écrit. Je ne fais rien. Je la regarde. O Marceline! Marceline!... Je regarde. Je vois le soleil; je
vois l'ombre; je vois la ligne de l'ombre se dépla-
cer; j'ai si peu à penser que je l'observe. Je suis
encore très faible; je respire très mal; tout me
fatigue, même lire; d'ailleurs que lire? Être m'occupe assez.

Un matin, Marceline entre en riant :

— Je t'amène un ami, dit-elle; et je vois entrer derrière elle un petit Arabe au teint brun. Il s'appelle Bachir, a de grands yeux silencieux qui me regardent. Je suis plutôt un peu gêné, et cette gêne déjà me fatigue; je ne dis rien, parais fâché. L'enfant, devant la froideur de mon accueil, se déconcerte, se retourne vers Marceline, et, avec un mouvement de grâce animale et câline, se blottit contre elle, lui prend la main, l'embrasse avec un geste qui découvre ses bras nus. Je remarque qu'il est tout nu sous sa mince gandourah blanche et sous son burnous rapiécé.

— Allons! assieds-toi là, dit Marceline qui voit ma gêne. Amuse-toi tranquillement.

Le petit s'assied par terre, sort un couteau du capuchon de son burnous, un morceau de djerid, et commence à le travailler. C'est un sifflet, je crois, qu'il veut faire.

Au bout d'un peu de temps, je ne suis plus gêné par sa présence. Je le regarde; il semble avoir oublié qu'il est là. Ses pieds sont nus; ses chevilles sont charmantes, et les attaches de ses poignets. Il manie son mauvais couteau avec une amusante adresse. Vraiment, vais-je m'intéresser à cela? Ses cheveux sont rasés à la manière arabe; il porte une pauvre chéchia qui n'a qu'un trou à la place du gland. La gandourah, un peu tombée, découvre sa mignonne épaule. J'ai besoin de la toucher. Je me penche; il se retourne et me sourit. Je fais signe qu'il doit me passer son sifflet, le prends et feins de l'admirer beaucoup. A présent il veut partir. Marceline lui donne un gâteau, moi deux sous.

Le lendemain, pour la première fois, je m'ennuie; j'attends; j'attends quoi? je me sens désœuvré, inquiet. Enfin je n'y tiens plus :

— Bachir ne vient donc pas, ce matin, Marceline?

— Si tu veux, je vais le chercher.

Elle me laisse, descend; au bout d'un instant rentre seule. Qu'a fait de moi la maladie? Je suis triste à pleurer de la voir revenir sans Bachir.

— Il était trop tard, me dit-elle; les enfants ont quitté l'école et se sont dispersés partout. Il y en a de charmants, sais-tu. Je crois que maintenant tous me connaissent.

— Au moins, tâche qu'il soit là demain.

Le lendemain, Bachir revint. Il s'assit comme l'avant-veille, sortit son couteau, voulut tailler un bois trop dur, et fit si bien qu'il s'enfonça la lame dans le pouce. J'eus un frisson d'horreur. Il en rit, montra la coupure brillante et s'amusa de voir couler son sang. Quand il riait, il découvrait des

dents très blanches; il lécha plaisamment sa blessure; sa langue était rose comme celle d'un chat.
Ah! qu'il se portait bien! C'était là ce dont je
m'éprenais en lui : la santé. La santé de ce petit
corps était belle.

Le jour suivant, il apporta des billes. Il voulut
me faire jouer. Marceline n'était pas là; elle m'eût
retenu. J'hésitai, regardai Bachir; le petit me saisit le bras, me mit les billes dans la main, me
força. Je m'essoufflais beaucoup à me baisser, mais
j'essayai de jouer quand même. Le plaisir de Bachir me charmait. Enfin je n'en pus plus. J'étais
en nage. Je rejetai les billes et me laissai tomber
dans un fauteuil. Bachir, un peu troublé, me regardait.

— Malade? dit-il gentiment; le timbre de sa
voix était exquis. Marceline rentra.

— Emmène-le, lui dis-je; je suis fatigué, ce matin.

Quelques heures après, j'eus un crachement
de sang. C'était comme je marchais péniblement
sur la terrasse; Marceline était occupée dans sa
chambre; heureusement elle n'en put rien voir.
J'avais fait, par essoufflement, une aspiration plus
profonde, et tout à coup c'était venu. Cela m'avait
empli la bouche... mais ce n'était plus du sang
clair, comme lors des premiers crachements; c'était

un gros affreux caillot que je crachai par terre avec dégoût.

Je fis quelques pas, chancelant. J'étais horriblement ému. Je tremblais. J'avais peur; j'étais en colère. Car jusqu'alors j'avais pensé que, pas à pas, la guérison allait venir et qu'il ne restait qu'à l'attendre. Cet accident brutal venait de me rejeter en arrière. Chose étrange, les premiers crachements ne m'avaient pas fait tant d'effet; je me souvenais à présent qu'ils m'avaient laissé presque calme. D'où venait donc ma peur, mon horreur, à présent? C'est que je commençais, hélas! d'aimer la vie.

Je revins en arrière, me courbai, retrouvai mon crachat, pris une paille et, soulevant le caillot, le déposai sur mon mouchoir. Je regardai. C'était un vilain sang presque noir, quelque chose de gluant, d'épouvantable. Je songeai au beau sang rutilant de Bachir. Et soudain me prit un désir, une envie, quelque chose de plus furieux, de plus impérieux que tout ce que j'avais ressenti jusqu'alors : vivre! je veux vivre. Je veux vivre. Je serrai les dents, les poings, me concentrai tout entier éperdument, désolément, dans cet effort vers l'existence.

J'avais reçu la veille une lettre de T***; en réponse à d'anxieuses questions de Marceline, elle était pleine de conseils médicaux; T*** avait même joint à sa lettre quelques brochures de vulgarisation médicale et un livre plus spécial, qui pour cela me parut plus sérieux. J'avais lu négligemment la lettre et point du tout les imprimés; d'abord parce que la ressemblance de ces brochures avec les petits traités moraux dont on avait gavé mon enfance, ne me disposait pas en leur faveur; parce qu'aussi tous les conseils m'importunaient; puis, je ne pensais pas que ces « Conseils aux tuberculeux », « Cure pratique de la tuberculose », pussent s'appliquer à mon cas. Je ne me croyais pas tuberculeux. Volontiers j'attribuais ma première hémoptysie à une cause différente; ou plutôt, à vrai dire, je ne l'attribuais à rien, évitais d'y penser, n'y pensais guère, et me jugeais, sinon guéri, du moins près de l'être... Je lus la lettre; je dévorai le livre, les traités. Brusquement, avec une évidence effarante, il m'apparut que je ne m'étais pas soigné comme il fallait. Jusqu'alors je m'étais laissé vivre, me fiant au plus vague espoir; brusquement ma vie m'apparut attaquée, attaquée atrocement à son centre. Un ennemi nombreux, actif, vivait en moi. Je l'écoutai; je l'épiai; je le sentis. Je ne le vaincrais pas sans lutte... et j'ajoutais à demi-voix, comme pour mieux m'en convaincre moi-même : c'est une affaire de volonté.

Je me mis en état d'hostilité.

Le soir tombait : j'organisai ma stratégie. Pour un temps, seule ma guérison devait devenir mon étude ; mon devoir, c'était ma santé ; il fallait juger bon, nommer *Bien* tout ce qui m'était salutaire, oublier, repousser tout ce qui ne guérissait pas. Avant le repas du soir, pour la respiration, l'exercice, la nourriture, j'avais pris des résolutions.

Nous prenions nos repas dans une sorte de petit kiosque que la terrasse enveloppait de toutes parts. Seuls, tranquilles, loin de tout, l'intimité de nos repas était charmante. D'un hôtel voisin, un vieux nègre nous apportait une passable nourriture. Marceline surveillait les menus, commandait un plat, en repoussait tel autre... N'ayant pas très grand-faim d'ordinaire, je ne souffrais pas trop des plats manqués, ni des menus insuffisants. Marceline, habituée elle-même à ne pas beaucoup se nourrir, ne savait pas, ne se rendait pas compte que je ne mangeais pas assez. Manger beaucoup était, de toutes mes résolutions, la première. Je prétendais la mettre à exécution dès ce soir. Je ne pus. Nous avions je ne sais quel potage immangeable, puis un rôti ridiculement trop cuit.

Mon irritation fut si vive que, la reportant sur Marceline, je me répandis devant elle en paroles immodérées. Je l'accusai ; il semblait, à m'entendre, qu'elle eût dû se sentir responsable de la mauvaise qualité de ces mets. Ce petit retard au régime que j'avais résolu d'adopter devenait de la plus grave importance; j'oubliais les jours précédents; ce repas manqué gâtait tout. Je m'entêtai. Marceline dut descendre en ville chercher une conserve, un pâté de n'importe quoi.

Elle revint bientôt avec une petite terrine que je dévorai presque entière, comme pour nous prouver à tous deux combien j'avais besoin de manger plus.

Ce même soir nous arrêtâmes ceci. Les repas seraient beaucoup meilleurs : plus nombreux aussi, un toutes les trois heures; le premier dès 6 h. 30. Une abondante provision de conserves de toutes sortes suppléerait les médiocres plats de l'hôtel...

Je ne pus dormir cette nuit, tant le pressentiment de mes nouvelles vertus me grisait. J'avais, je pense, un peu de fièvre; une bouteille d'eau minérale était là; j'en bus un verre, deux verres; à la troisième fois, buvant à même, j'achevai toute la bouteille d'un coup. Je repassais ma volonté comme une leçon qu'on repasse; j'apprenais mon hostilité, la dirigeais sur toutes choses; je devais lutter contre tout : mon salut dépendait de moi seul.

Enfin, je vis la nuit pâlir; le jour parut.

Ç'avait été ma veillée d'armes.

Le lendemain, c'était dimanche. Je ne m'étais jusqu'alors pas inquiété, l'avouerai-je, des croyances de Marceline; par indifférence ou pudeur, il me semblait que cela ne me regardait pas; puis je n'y attachais pas d'importance. Ce jour-là, Marceline se rendit à la messe. J'appris au retour qu'elle avait prié pour moi. Je la regardai fixement, puis, avec le plus de douceur que je pus :

— Il ne faut pas prier pour moi, Marceline.

— Pourquoi? dit-elle, un peu troublée.

— Je n'aime pas les protections.

— Tu repousses l'aide de Dieu?

— Après, il aurait droit à ma reconnaissance. Cela crée des obligations; je n'en veux pas.

Nous avions l'air de plaisanter, mais ne nous méprenions nullement sur l'importance de nos paroles.

— Tu ne guériras pas tout seul, pauvre ami, soupira-t-elle.

— Alors, tant pis... Puis, voyant sa tristesse, j'ajoutai moins brutalement : Tu m'aideras.

Je vais parler longuement de mon corps. Je vais en parler tant, qu'il vous semblera tout d'abord que j'oublie la part de l'esprit. Ma négligence, en ce récit, est volontaire : elle était réelle là-bas. Je n'avais pas de force assez pour entretenir double vie; l'esprit et le reste, pensais-je, j'y songerai plus tard, quand j'irai mieux.

J'étais encore loin d'aller bien. Pour un rien j'étais en sueur et pour un rien je prenais froid; j'avais, comme disait Rousseau, « la courte haleine »; parfois un peu de fièvre; souvent, dès le matin, un sentiment d'affreuse lassitude, et je restais, alors, prostré dans un fauteuil, indifférent à tout, égoïste, m'occupant très uniquement à tâcher de bien respirer. Je respirais péniblement, avec méthode, soigneusement; mes expirations se faisaient avec deux saccades, que ma volonté surtendue ne pouvait complètement retenir; longtemps après encore, je ne les évitais qu'à force d'attention.

Mais ce dont j'eus le plus à souffrir, ce fut de ma sensibilité maladive à tout changement de température. Je pense, quand j'y réfléchis aujourd'hui, qu'un trouble nerveux général s'ajoutait à la maladie; je ne puis expliquer autrement une série de phénomènes, irréductibles, me semble-t-il, au simple état tuberculeux. J'avais toujours ou trop chaud ou trop froid; me couvrais aussitôt avec une exagération ridicule, ne cessais de frissonner que pour suer, me découvrais un peu, et frissonnais sitôt que je ne transpirais plus. Des parties de mon corps se glaçaient, devenaient, malgré leur sueur, froides au toucher comme un marbre; rien ne les pouvait plus réchauffer. J'étais sensible au froid à ce point qu'un peu d'eau tombée sur mon pied, lorsque je faisais ma toilette, m'enrhumait; sensible au chaud de même. Je gardai cette sensibilité, la garde encore, mais, aujourd'hui, c'est pour voluptueusement en jouir. Toute sensibilité très vive peut, suivant que l'organisme est robuste ou débile, devenir, je le crois, cause de délice ou de gêne. Tout ce qui me troublait naguère m'est devenu délicieux.

Je ne sais comment j'avais fait jusqu'alors pour

dormir avec les vitres closes; sur les conseils de
T*** j'essayai donc de les ouvrir la nuit; un peu,
d'abord; bientôt je les poussai toutes grandes;
bientôt ce fut une habitude, un besoin tel que,
dès que la fenêtre était refermée, j'étouffais. Avec
quelles délices plus tard sentirai-je entrer vers moi
le vent des nuits, le clair de lune!...

Il me tarde enfin d'en finir avec ces premiers
bégaiements de <u>santé</u>. Grâce à des soins constants
en effet, à l'air pur, à la meilleure nourriture, je
ne tardai pas d'aller mieux. Jusqu'alors, craignant
l'essoufflement de l'escalier, je n'avais pas osé quitter la terrasse; dans les derniers jours de janvier,
enfin, je descendis, m'aventurai dans le jardin.

Marceline m'accompagnait, portant un châle.
Il était trois heures du soir. Le vent, souvent violent dans ce pays, et qui m'avait beaucoup gêné
depuis trois jours, était tombé. La douceur d'air
était charmante.

Jardin public. Une très large allée le coupait,
ombragée par deux rangs de cette espèce de mimosas très hauts qu'on appelle des cassies. Des bancs,
à l'ombre de ces arbres. Une rivière canalisée, je
veux dire plus profonde que large, à peu près
droite, longeant l'allée; puis d'autres canaux plus
petits, divisant l'eau de la rivière, la menant à
travers le jardin, vers les plantes; l'eau lourde est

couleur de la terre, couleur d'argile rose ou grise.
Presque pas d'étrangers, quelques Arabes; ils cir-
culent, et, dès qu'ils ont quitté le soleil, leur manteau blanc prend la couleur de l'ombre.

Un singulier frisson me saisit quand j'entrai dans
cette ombre étrange; je m'enveloppai de mon
châle; pourtant aucun malaise; au contraire...
Nous nous assîmes sur un banc. Marceline se taisait. Des Arabes passèrent; puis survint une troupe
d'enfants. Marceline en connaissait plusieurs et
leur fit signe; ils s'approchèrent. Elle me dit des
noms; il y eut des questions, des réponses, des
sourires, des moues, de petits jeux. Tout cela
m'agaçait quelque peu et de nouveau revint mon
malaise; je me sentis las et suant. Mais ce qui
me gênait, l'avouerai-je, ce n'était pas les enfants,
c'était elle. Oui, si peu que ce fût, j'étais gêné par
sa présence. Si je m'étais levé, elle m'aurait suivi;
si j'avais enlevé mon châle, elle aurait voulu le
porter; si je l'avais remis ensuite, elle aurait dit :
« Tu n'as pas froid? » Et puis, parler aux enfants,
je ne l'osais pas devant elle : je voyais qu'elle
avait ses protégés; malgré moi, mais par parti pris,
moi je m'intéressais aux autres.

— Rentrons, lui dis-je; et je résolus à part <u>moi</u>
de retourner seul au jardin.

Le lendemain elle avait à sortir vers dix heures :

j'en profitai. Le petit Bachir, qui manquait rare-
ment de venir le matin, prit mon châle ; je me
sentais alerte, le cœur léger. Nous étions presque
seuls dans l'allée ; je marchais lentement, m'asseyais
un instant, repartais. Bachir suivait, bavard ; fidèle
et souple comme un chien. Je parvins à l'endroit
du canal où viennent laver les laveuses ; au milieu
du courant, une pierre plate est posée ; dessus, une
fillette couchée et le visage penché vers l'eau, la
main dans le courant, y jetait ou y rattrapait des
brindilles. Ses pieds nus avaient plongé dans l'eau ;
ils gardaient de ce bain la trace humide, et là
sa peau paraissait plus foncée. Bachir s'approcha
d'elle et lui parla ; elle se retourna, me sourit,
répondit à Bachir en arabe.

— C'est ma sœur, me dit-il ; puis il m'expliqua
que sa mère allait venir laver du linge, et que sa
petite sœur l'attendait. Elle s'appelait Rhadra,
ce qui voulait dire Verte, en arabe. Il disait
tout cela d'une voix charmante, claire, enfantine,
autant que l'émotion que j'en avais.

— Elle demande que tu lui donnes deux sous,
ajouta-t-il.

Je lui en donnai dix et m'apprêtais à repartir,
lorsque arriva la mère, la laveuse. C'était une
femme admirable, pesante, au grand front tatoué
de bleu, qui portait un panier de linge sur la tête,

pareille aux canéphores antiques, et comme elles
voilée simplement d'une large étoffe bleu sombre
qui se relève à la ceinture et retombe d'un coup
jusqu'aux pieds. Dès qu'elle vit Bachir, elle l'apos-
tropha rudement. Il répondit avec violence; la
petite fille s'en mêla; entre eux trois s'engagea
une discussion des plus vives. Enfin Bachir, comme
vaincu, me fit comprendre que sa mère avait
besoin de lui ce matin; il me tendit mon châle
tristement et je dus repartir tout seul.

Je n'eus pas fait vingt pas que mon châle me
parut d'un poids insupportable; tout en sueur, je
m'assis au premier banc que je trouvai. J'espérais
qu'un enfant surviendrait qui me déchargerait
de ce faix. Celui qui vint bientôt, ce fut un grand
garçon de quatorze ans, noir comme un Souda-
nais, pas timide du tout, qui s'offrit de lui-même.
Il se nommait Ashour. Il m'aurait paru beau s'il
n'avait été borgne. Il aimait à causer, m'apprit
d'où venait la rivière, et qu'après le jardin public
elle fuyait dans l'oasis et la traversait en entier.
Je l'écoutais, oubliant ma fatigue. Quelque exquis
que me parût Bachir, je le connaissais trop à présent, et j'étais heureux de changer. Même, je me
promis, un autre jour, de descendre tout seul au
jardin et d'attendre, assis sur un banc, le hasard
d'une rencontre heureuse.

Après m'être arrêté plusieurs instants encore, nous arrivâmes, Ashour et moi, devant ma porte. Je désirais l'inviter à monter, mais n'osai point, ne sachant ce qu'en aurait dit Marceline.

Je la trouvai dans la salle à manger, occupée près d'un enfant très jeune, si malingre et d'aspect si chétif, que j'eus pour lui d'abord plus de dégoût que de pitié. Un peu craintivement, Marceline me dit :

— Le pauvre petit est malade.

— Ce n'est pas contagieux, au moins? Qu'est-ce qu'il a?

— Je ne sais pas encore au juste. Il se plaint de partout un peu. Il parle assez mal le français; quand Bachir sera là demain, il lui servira d'interprète. Je lui fais prendre un peu de thé.

Puis, comme pour s'excuser, et parce que je restais là, moi, sans rien dire :

— Voilà longtemps, ajouta-t-elle, que je le connais; je n'avais pas encore osé le faire venir; je craignais de te fatiguer, ou peut-être de te déplaire.

— Pourquoi donc? m'écriai-je, amène ici tous les enfants que tu veux, si ça t'amuse! Et je songeai, m'irritant un peu de ne l'avoir point fait, que j'aurais fort bien pu faire monter Ashour.

Je regardais ma femme cependant; elle était

maternelle et caressante. Sa tendresse était si touchante que le petit partit bientôt tout réchauffé.
Je parlai de ma promenade et fis comprendre sans
rudesse à Marceline pourquoi je préférais sortir
seul.

Mes nuits à l'ordinaire étaient encore coupées
de sursauts qui m'éveillaient glacé ou trempé de
sueur. Cette nuit fut très bonne et presque sans
réveils. Le lendemain matin, j'étais prêt à sortir
dès neuf heures. Il faisait beau; je me sentais bien
reposé, point faible, joyeux, ou plutôt amusé. L'air
était calme et tiède, mais je pris mon châle pourtant, comme prétexte à lier connaissance avec
celui qui me le porterait. J'ai dit que le jardin
touchait notre terrasse; j'y fus donc aussitôt. J'entrai avec ravissement dans son ombre. L'air était
lumineux. Les cassies, dont les fleurs viennent très
tôt avant les feuilles, embaumaient; à moins que
ne vînt de <u>partout</u> cette sorte d'odeur légère inconnue qui me semblait entrer en moi par plusieurs
sens et m'exaltait. Je respirais plus aisément d'ailleurs; ma marche en était plus légère; pourtant
au premier banc je m'assis, mais plus grisé, plus
étourdi que las. Je regardai. L'ombre était mobile
et légère; elle ne tombait pas sur le sol, et semblait à peine y poser. O lumière! — J'écoutai.
Qu'entendis-je? Rien; tout; je m'amusais de

chaque bruit. — Je me souviens d'un arbuste,
dont l'écorce, de loin, me parut de consistance si
bizarre que je dus me lever pour aller la palper.
Je la touchai comme on caresse; j'y trouvais un
ravissement. Je me souviens... Était-ce enfin ce
matin-là que j'allais naître?

J'avais oublié que j'étais seul, n'attendais rien,
oubliais l'heure. Il me semblait avoir jusqu'à ce
jour si peu senti pour tant penser, que je m'étonnais à la fin de ceci : ma sensation devenait aussi
forte qu'une pensée.

Je dis : il me semblait; car du fond du passé
de ma première enfance se réveillaient enfin mille
lueurs, de mille sensations égarées. La conscience
que je prenais à nouveau de mes sens m'en permettait l'inquiète reconnaissance. Oui, mes sens,
réveillés désormais, se retrouvaient toute une histoire, se recomposaient un passé. Ils vivaient!
n'avaient jamais cessé de vivre, se découvraient,
même à travers mes ans d'étude, une vie latente
et rusée.

Je ne fis aucune rencontre ce jour-là, et j'en
fus aise; je sortis de ma poche un petit Homère
que je n'avais pas rouvert depuis mon départ
de Marseille, relus trois phrases de l'*Odyssée*, les
appris, puis, trouvant un aliment suffisant dans
leur rythme et m'en délectant à loisir, fermai le

livre et demeurai, tremblant, plus vivant que je
n'aurais cru qu'on pût être, et l'esprit engourdi
de bonheur.

Marceline, cependant, qui voyait avec joie ma santé enfin revenir, commençait depuis quelques jours à me parler des merveilleux vergers de l'oasis. Elle aimait le grand air et la marche. La liberté que lui valait ma maladie lui permettait de longues courses dont elle revenait éblouie; jusqu'alors elle n'en parlait guère, n'osant m'inciter à l'y suivre et craignant de me voir m'attrister au récit de plaisirs dont je n'aurais pu jouir déjà. Mais, à présent que j'allais mieux, elle comptait sur leur attrait pour achever de me remettre. Le goût que je reprenais à marcher et à regarder m'y portait. Et dès le lendemain nous sortîmes ensemble.

Elle me précéda dans un chemin bizarre et tel que dans aucun pays je n'en vis jamais de pareil. Entre deux assez hauts murs de terre, il circule comme indolemment; les formes des jardins que ces hauts murs limitent, l'inclinent à loisir; il se courbe ou brise sa ligne; dès l'entrée, un détour nous perd; on ne sait plus ni d'où l'on vient, ni où l'on va. L'eau fidèle de la rivière suit le sentier, longe un des murs; les murs sont faits avec la terre même de la route, celle de l'oasis entière, une argile rosâtre ou gris tendre, que l'eau rend un peu plus foncée, que le soleil ardent craquelle et qui durcit à la chaleur, mais qui mollit dès la première averse et forme alors un sol plastique où les pieds nus restent inscrits. Par-dessus les murs, des palmiers. A notre approche, des tour-terelles y volèrent. Marceline me regardait.

J'oubliais ma fatigue et ma gêne. Je marchais dans une sorte d'extase, d'allégresse silencieuse, d'exaltation des sens et de la chair. A ce moment, des souffles légers s'élevèrent; toutes les palmes s'agitèrent et nous vîmes les palmiers les plus hauts s'incliner; puis l'air entier redevint calme, et j'entendis distinctement, derrière le mur, un chant de flûte. Une brèche au mur; nous entrâmes.

C'était un lieu plein d'ombre et de lumière; tranquille, et qui semblait comme à l'abri du temps; plein de silences et de frémissements, bruit léger de l'eau qui s'écoule, abreuve les palmiers, et d'arbre en arbre fuit, appel discret des tourterelles, chant de flûte dont un enfant jouait. Il gardait un troupeau de chèvres; il était assis, presque nu, sur le tronc d'un palmier abattu; il ne se troubla pas à notre approche, ne s'enfuit pas, ne cessa qu'un instant de jouer.

Je m'aperçus, durant ce court silence, qu'une autre flûte au loin répondait. Nous avançâmes encore un peu, puis :

— Inutile d'aller plus loin, dit Marceline; ces vergers se ressemblent tous; à peine, au bout de l'oasis, deviennent-ils un peu plus vastes... Elle étendit le châle à terre :

— Repose-toi.

Combien de temps nous y restâmes? je ne sais plus; qu'importait l'heure? Marceline était près de moi; je m'étendis, posai sur ses genoux ma tête. Le chant de flûte coulait encore, cessait par instants, reprenait; le bruit de l'eau... Par instants une chèvre bêlait. Je fermai les yeux; je sentis se poser sur mon front la main fraîche de Marceline; je sentais le soleil ardent doucement tamisé par les palmes; je ne pensais à rien; qu'importait la pensée? je sentais extraordinairement.

Et par instants, un bruit nouveau; j'ouvrais les yeux; c'était le vent léger dans les palmes; il ne descendait pas jusqu'à nous, n'agitait que les palmes hautes...

Le lendemain matin, dans ce même jardin je revins avec Marceline; le soir du même jour, j'y allai seul. Le chevrier qui jouait de la flûte était là. Je m'approchai de lui, lui parlai. Il se nommait Lossif, n'avait que douze ans, était beau. Il me dit le nom de ses chèvres, me dit que les canaux s'appellent *séghias;* toutes ne coulent pas tous les jours, m'apprit-il; l'eau, sagement et parcimonieusement répartie, satisfait à la soif des plantes, puis leur est aussitôt retirée. Au pied de chacun des palmiers, un étroit bassin est creusé qui tient l'eau pour abreuver l'arbre; un ingénieux système d'écluses que l'enfant, en les faisant jouer, m'expliqua, maîtrise l'eau, l'amène où la soif est trop grande.

Le jour suivant, je vis un frère de Lossif : il était un peu plus âgé, moins beau; il se nommait Lachmi. A l'aide de la sorte d'échelle que fait le long du fût la cicatrice des anciennes palmes coupées, il grimpa tout au haut d'un palmier étêté; puis descendit agilement, laissant, sous son manteau flottant, voir une nudité dorée. Il rapportait du haut de l'arbre, dont on avait fauché la cime, une petite gourde de terre : elle était appendue là-haut, près de la récente blessure, pour recueillir la sève du palmier dont on fait un vin doux qui plaît fort aux Arabes. Sur l'invite de Lachmi, j'y goûtai; mais ce goût fade, âpre et sirupeux me déplut.

Les jours suivants, j'allai plus loin; je vis d'autres bergers et d'autres chèvres. Ainsi que Marceline l'avait dit, ces jardins étaient tous pareils; et pourtant chacun différait.

Parfois Marceline m'accompagnait encore; mais, plus souvent, dès l'entrée des vergers, je la quittais, lui persuadant que j'étais las, que je voulais m'asseoir, qu'elle ne devait pas m'attendre, car elle avait besoin de marcher plus; de sorte qu'elle achevait sans moi la promenade. Je restais auprès des enfants. Bientôt j'en connus un grand nombre; je causais avec eux longuement; j'apprenais leurs jeux, leur en indiquais d'autres, perdais au *bouchon* tous mes sous. Certains m'accompagnaient au loin (chaque jour j'allongeais mes marches), m'indiquaient, pour rentrer, un passage nouveau, se chargeaient de mon manteau et de mon châle quand parfois j'emportais les deux; avant de les quitter, je leur distribuais des piécettes; parfois ils me suivaient, toujours jouant, jusqu'à ma porte; parfois enfin ils la passèrent.

Puis Marceline en amena de son côté. Elle amenait ceux de l'école, qu'elle encourageait au travail; à la sortie des classes, les sages et les doux montaient; ceux que moi j'amenais étaient autres; mais des jeux les réunissaient. Nous eûmes soin d'avoir toujours prêts des sirops et des friandises. Bientôt d'autres vinrent d'eux-mêmes, même plus <u>invités</u> par nous. Je me souviens de chacun d'eux; je les revois...

Vers la fin de janvier, le temps se gâta brusquement; un vent froid se mit à souffler et ma santé aussitôt s'en ressentit. Le grand espace découvert, qui sépare l'oasis de la ville, me redevint infranchissable, et je dus de nouveau me contenter du jardin public. Puis il plut; une pluie glacée, qui tout à l'horizon, au nord, couvrit de neige les montagnes.

Je passai ces tristes jours près du feu, morne, luttant rageusement contre la maladie qui, par ce mauvais temps, triomphait. Jours lugubres : je ne pouvais lire ni travailler; le moindre effort amenait des transpirations incommodes; fixer mon attention m'exténuait; dès que je ne veillais pas à soigneusement respirer, j'étouffais.

Les enfants, durant ces tristes jours, furent pour moi la seule distraction possible. Par la pluie, seuls les très familiers entraient; leurs vêtements étaient trempés; ils s'asseyaient devant le feu, en cercle. J'étais trop fatigué, trop souffrant pour autre chose

que les regarder; mais la présence de leur santé
me guérissait. Ceux que Marceline choyait étaient
faibles, chétifs, et trop sages; je m'irritai contre
elle et contre eux et finalement les repoussai. A
vrai dire, ils me faisaient peur.

Un matin, j'eus une curieuse révélation sur moi-
même : Moktir, le seul des protégés de ma femme
qui ne m'irritât point, était seul avec moi dans
ma chambre. Je me tenais debout auprès du feu,
les deux coudes sur la cheminée, devant un livre,
et je paraissais absorbé, mais pouvais voir se refléter
dans la glace les mouvements de l'enfant à qui
je tournais le dos. Une curiosité que je ne m'expli-
quais pas bien me faisait surveiller ses gestes.
Moktir ne se savait pas observé et me croyait
plongé dans la lecture. Je le vis s'approcher sans
bruit d'une table où Marceline avait posé, près
d'un ouvrage, une paire de petits ciseaux, s'en
emparer furtivement, et d'un coup les engouffrer
dans son burnous. Mon cœur battit avec force un
instant, mais les plus sages raisonnements ne purent
faire aboutir en moi le moindre sentiment de
révolte. Bien plus! je ne parvins pas à me prouver
que le sentiment qui m'emplit alors fût autre
chose que de l'amusement, de la joie. Quand
j'eus laissé à Moktir tout le temps de me bien
voler, je me tournai de nouveau vers lui et lui

parlai comme si rien ne s'était passé. Marceline
aimait beaucoup cet enfant; pourtant ce ne fut
pas, je crois, la peur de la peiner qui me fit, quand
je la revis, plutôt que dénoncer Moktir, imaginer
je ne sais quelle fable pour expliquer la perte des
ciseaux. A partir de ce jour, Moktir devint mon
préféré.

Notre séjour à Biskra ne devait pas se pro-
longer longtemps encore. Les pluies de février
passées, la chaleur éclata trop forte. Après plusieurs pénibles jours, que nous avions vécus sous
l'averse, un matin, brusquement, je me réveillai
dans l'azur. Sitôt levé, je courus à la terrasse la
plus haute. Le ciel, d'un horizon à l'autre, était
pur. Sous le soleil, ardent déjà, des buées s'éle-
vaient; l'oasis fumait tout entière; on entendait
gronder au loin l'Oued débordé. L'air était si pur,
si léger, qu'aussitôt je me sentis aller mieux. Marceline vint; nous voulûmes sortir, mais la boue
ce jour-là nous retint.

Quelques jours après nous rentrions au verger
de Lossif; les tiges semblaient lourdes, molles et
gonflées d'eau. Cette terre africaine, dont je ne

101

connaissais pas l'attente, submergée durant de longs jours, à présent s'éveillait de l'hiver, ivre d'eau, éclatant de sèves nouvelles; elle riait d'un printemps forcené dont je sentais le retentissement et comme le double en moi-même. Ashour et Moktir nous accompagnèrent d'abord; je savourais encore leur légère amitié qui ne coûtait qu'un demi-franc par jour; mais bientôt, lassé d'eux, n'étant plus moi-même si faible que j'eusse encore besoin de l'exemple de leur santé et ne trouvant plus dans leurs jeux l'aliment qu'il fallait pour ma joie, je retournai vers Marceline l'exaltation de mon esprit et de mes sens. A la joie qu'elle en eut, je m'aperçus qu'elle était restée triste. Je m'excusai comme un enfant de l'avoir souvent délaissée, mis sur le compte de ma faiblesse mon humeur fuyante et bizarre, affirmai que jusqu'à présent j'avais été trop las pour aimer, mais que je sentirais désormais croître avec ma santé mon amour. Je disais vrai; mais sans doute j'étais bien faible encore, car ce ne fut que plus d'un mois après que je désirai Marceline.

Chaque jour cependant augmentait la chaleur. Rien ne nous retenait à Biskra — que ce charme qui devait m'y rappeler ensuite. Notre résolution de partir fut subite. En trois heures nos paquets furent prêts. Le train partait le lendemain à l'aube.

Je me souviens de la dernière nuit. La lune était
à peu près pleine; par ma fenêtre grande ouverte,
elle entrait en plein dans ma chambre. Marceline dormait, je pense. J'étais couché, mais ne
pouvais dormir. Je me sentais brûler d'une sorte
de fièvre heureuse, qui n'était autre que la vie.
Je me levai, trempai dans l'eau mes mains et
mon visage, puis, poussant la porte vitrée, je sortis.

Il était tard déjà; pas un bruit; pas un souffle;
l'air même paraissait endormi. A peine, au loin,
entendait-on les chiens arabes, qui, comme des
chacals, glapissent tout le long de la nuit. Devant
moi, la petite cour; la muraille, en face de moi,
y portait un pan d'ombre oblique; les palmiers
réguliers, sans plus de couleur ni de vie, semblaient
immobilisés pour toujours... Mais on retrouve dans
le sommeil encore une palpitation de vie, — ici
rien ne semblait dormir; tout semblait mort. Je
m'épouvantai de ce calme; et brusquement m'envahit de nouveau, comme pour protester, s'affirmer, se désoler dans le silence, le sentiment tragique de ma vie, si violent, douloureux presque,
et si impétueux que j'en aurais crié, si j'avais pu
crier comme les <u>bêtes.</u> Je pris ma main, je me
souviens, ma main gauche dans ma main droite;
je voulus la porter à ma tête et le fis. Pourquoi?

pour m'affirmer que je vivais et trouver cela admirable. Je touchai mon front, mes paupières. Un
frisson me saisit. Un jour viendra, pensai-je, un
jour viendra où, même pour porter à mes lèvres,
même l'eau dont j'aurai le plus soif, je n'aurai
plus assez de forces... Je rentrai, mais ne me recou-
chai pas encore ; je voulais fixer cette nuit, en
imposer le souvenir à ma pensée, la retenir ; indé-
cis de ce que je ferais, je pris un livre sur ma
table, — la Bible, — le laissai s'ouvrir au hasard ;
penché dans la clarté de la lune, je pouvais lire ;
je lus ces mots du Christ à Pierre, ces mots, hélas !
que je ne devais plus oublier : Maintenant tu te
ceins toi-même et tu vas où tu veux aller ; mais
quand tu seras vieux, tu étendras les mains... tu
étendras les mains...

Le lendemain, à l'aube, nous partîmes.

Je ne parlerai pas de chaque étape du voyage. Certaines n'ont laissé qu'un souvenir confus; ma santé, tantôt meilleure et tantôt pire, chancelait encore au vent froid, s'inquiétait de l'ombre d'un nuage, et mon état nerveux amenait des troubles fréquents; mais mes poumons, du moins, se guérissaient. Chaque rechute était moins longue et sérieuse; son attaque était aussi vive, mais mon corps devenait contre elle mieux armé.

Nous avions, de Tunis, gagné Malte, puis Syracuse; je rentrais sur la classique terre dont le langage et le passé m'étaient connus. Depuis le début de mon mal, j'avais vécu sans examen, sans loi, m'appliquant simplement à vivre, comme fait l'animal ou l'enfant. Moins absorbé par le mal à présent, ma vie redevenait certaine et consciente. Après cette longue agonie, j'avais cru renaître le même et rattacher bientôt mon présent au passé; en pleine nouveauté d'une terre inconnue, je pouvais ainsi m'abuser; ici, plus; tout m'y apprenait ce qui me surprenait encore : j'étais changé.

Quand, à Syracuse et plus loin, je voulus reprendre mes études, me replonger comme jadis dans l'examen minutieux du passé, je découvris que quelque chose en avait, pour moi, sinon supprimé, du moins modifié le goût; c'était le sentiment du présent. L'histoire du passé prenait maintenant à mes yeux cette immobilité, cette fixité terrifiante des ombres nocturnes dans la petite cour de Biskra, l'immobilité de la mort. Avant je me plaisais à cette fixité même qui permettait la précision de mon esprit; tous les faits de l'histoire m'apparaissaient comme les pièces d'un musée, ou mieux les plantes d'un herbier, dont la sécheresse définitive m'aidât à oublier qu'un jour, riches de sève, elles avaient vécu sous le soleil. A présent, si je pouvais me plaire encore dans l'histoire, c'était en l'imaginant au présent. Les grands faits politiques devaient donc m'émouvoir beaucoup moins que l'émotion renaissante en moi des poètes, ou de certains hommes d'action. A Syracuse, je relus Théocrite, et songeai que ses bergers au beau nom étaient ceux mêmes que j'avais aimés à Biskra.

Mon érudition, qui s'éveillait à chaque pas, m'encombrait, empêchant ma joie. Je ne pouvais voir un théâtre grec, un temple, sans aussitôt le reconstruire abstraitement. A chaque fête antique, la ruine qui restait en son lieu me faisait me désoler qu'elle fût morte; et j'avais horreur de la mort.

J'en vins à fuir les ruines, à préférer aux plus beaux monuments du passé ces jardins bas qu'on appelle les Latomies, où les citrons ont l'acide douceur des oranges, et les rives de la Cyané qui, dans les papyrus, coule encore aussi bleue que le jour où ce fut pour pleurer Proserpine.

J'en vins à mépriser en moi cette science qui d'abord faisait mon orgueil; ces études, qui d'abord étaient toute ma vie, ne me paraissaient plus avoir qu'un rapport tout accidentel et conventionnel avec moi. Je me découvrais autre et j'existais, ô joie! en dehors d'elles. En tant que spécialiste, je m'apparus stupide. En tant qu'homme, me connaissais-je? je naissais seulement à peine et ne pouvais déjà savoir quel je naissais. Voilà ce qu'il fallait apprendre.

Pour celui que l'aile de la mort a touché, ce qui paraissait important ne l'est plus; d'autres choses le sont, qui ne paraissaient pas importantes, ou qu'on ne savait même pas exister. L'amas sur notre esprit de toutes connaissances acquises s'écaille comme un fard et, par places, laisse voir à nu la chair même, l'être authentique qui se cachait.

Ce fut dès lors *celui* que je prétendis découvrir : l'être authentique, le « vieil homme », celui dont ne voulait plus l'Évangile ; celui que tout, autour de moi, livres, maîtres, parents, et que moi-même avions tâché d'abord de supprimer. Et il m'apparaissait déjà, grâce aux surcharges, plus fruste et difficile à découvrir, mais d'autant plus utile à découvrir et valeureux. Je méprisai dès lors cet être secondaire, appris, que l'instruction avait dessiné par-dessus. Il fallait secouer ces surcharges.

Et je me comparais aux palimpsestes ; je goûtais la joie du savant, qui, sous les écritures plus récentes, découvre sur un même papier un texte très ancien infiniment plus précieux. Quel était-il, ce texte occulte ? Pour le lire, ne fallait-il pas tout d'abord effacer les textes récents ?

Aussi bien n'étais-je plus l'être malingre et studieux à qui ma morale précédente, toute rigide et restrictive, convenait. Il y avait ici plus qu'une convalescence ; il y avait une augmentation, une recrudescence de vie, l'afflux d'un sang plus riche et plus chaud qui devait toucher mes pensées, les toucher une à une, pénétrer tout, émouvoir, colorer

les plus lointaines, délicates et secrètes fibres de
mon être. Car, robustesse ou faiblesse, on s'y fait;
l'être, selon les forces qu'il a, se compose; mais,
qu'elles augmentent, qu'elles permettent de pouvoir plus, et... Toutes ces pensées je ne les avais
pas alors, et ma peinture ici me fausse. A vrai
dire, je ne pensais point, ne m'examinais point;
une fatalité heureuse me guidait. Je craignais qu'un
regard trop hâtif ne vînt à déranger le mystère
de ma lente transformation. Il fallait laisser le
temps, aux caractères effacés, de reparaître, ne pas
chercher à les former. Laissant donc mon cerveau,
non pas à l'abandon, mais en jachère, je me livrai
voluptueusement à moi-même, aux choses, au tout,
qui me parut divin. Nous avions quitté Syracuse
et je courais sur la route escarpée qui joint Taormine à La Môle, criant, pour l'appeler en moi :
Un nouvel être! Un nouvel être!

Mon seul effort, effort constant alors, était donc
de systématiquement honnir ou supprimer tout ce
que je croyais ne devoir qu'à mon instruction
passée et à ma première morale. Par dédain résolu
pour ma science, par mépris pour mes goûts de
savant, je refusai de voir Agrigente, et quelques
jours plus tard, sur la route qui mène à Naples,
je ne m'arrêtai point près du beau temple de
Pœstum où respire encore la Grèce, et où j'allai,

deux ans après, prier je ne sais plus quel dieu.

Que parlé-je d'unique effort? Pouvais-je m'intéresser à moi, sinon comme à un être perfectible? Cette perfection inconnue et que j'imaginais confusément, jamais ma volonté n'avait été plus exaltée que pour y tendre; j'employais cette volonté tout entière à fortifier mon corps, à le bronzer. Près de Salerne, quittant la côte, nous avions gagné Ravello. Là, l'air plus vif, l'attrait des rocs pleins de retraits et de surprises, la profondeur inconnue des vallons, aidant à ma force, à ma joie, favorisèrent mon élan.

Plus rapproché du ciel qu'écarté du rivage, Ravello, sur une abrupte hauteur, fait face à la lointaine et plate rive de Pœstum. C'était, sous la domination normande, une cité presque importante; ce n'est plus qu'un étroit village où nous étions, je crois, seuls étrangers. Une ancienne maison religieuse, à présent transformée en hôtel, nous hébergea; sise à l'extrémité du roc, ses terrasses et son jardin semblaient surplomber dans l'azur. Après le mur chargé de pampres, on ne voyait d'abord rien que la mer; il fallait s'approcher du mur pour pouvoir suivre le dévalement cultivé, qui, par des escaliers plus que par des sentiers, joignait Ravello au rivage. Au-dessus de Ravello, la montagne continuait. Des oliviers, des carou-

biers énormes; à leur ombre des cyclamens; plus
haut, des châtaigniers en grand nombre, un air
frais, des plantes du nord; plus bas, des citronniers
près de la mer. Ils sont rangés par petites cultures, jardins en escalier, presque pareils, que motive la pente du sol; une étroite allée, au milieu,
d'un bout à l'autre les traverse; on y entre sans
bruit, en voleur. On rêve, sous cette ombre verte;
le feuillage est épais, pesant; pas un rayon franc
ne pénètre; comme des gouttes de cire épaisse, les
citrons pendent, parfumés; dans l'ombre ils sont
blancs et verdâtres; ils sont à portée de la main,
de la soif; ils sont doux, âcres; ils rafraîchissent.

L'ombre était si dense, sous eux, que je n'osais
m'y arrêter après la marche qui me faisait encore
transpirer. Pourtant les escaliers ne m'exténuaient
plus; je m'exerçais à les gravir la bouche close;
j'espaçais toujours plus mes haltes, me disais :
j'irai jusque-là sans faiblir; puis, arrivé au but,
trouvant dans mon orgueil content ma récompense,
je respirais longuement, puissamment, et de façon
qu'il me semblât sentir l'air pénétrer plus effica-
cement ma poitrine. Je reportais à tous ces soins
du corps mon assiduité de naguère. Je progressais.

Je m'étonnais parfois que ma santé revînt si
vite. J'en arrivais à croire que je m'étais d'abord
exagéré la gravité de mon état; à douter que j'eusse

été très malade, à rire de mon sang craché, à
regretter que ma guérison ne fût pas demeurée
plus ardue.

Je m'étais soigné d'abord fort sottement, ignorant les besoins de mon corps. J'en fis la patiente
étude et devins, quant à la prudence et aux soins,
d'une ingéniosité si constante que je m'y amusais
comme à un jeu. Ce dont encore je souffrais le
plus, c'était ma sensibilité maladive au moindre
changement de la température. J'attribuais, à présent que mes poumons étaient guéris, cette hyperesthésie à ma débilité nerveuse, reliquat de la
maladie. Je résolus de vaincre cela. La vue des
belles peaux hâlées et comme pénétrées de soleil,
que montraient, en travaillant aux champs, la veste
ouverte, quelques paysans débraillés, m'incitait à
me laisser hâler de même. Un matin, m'étant mis
à nu, je me regardai; la vue de mes trop maigres
bras, de mes épaules, que les plus grands efforts
ne pouvaient rejeter suffisamment en arrière, mais
surtout la blancheur, ou plutôt la décoloration de
ma peau, m'emplit et de honte et de larmes. Je
me rhabillai vite, et, au lieu de descendre vers
Amalfi, comme j'avais accoutumé de faire, me
dirigeai vers des rochers couverts d'herbe rase et
de mousse, loin des habitations, loin des routes,
où je savais ne pouvoir être vu. Arrivé là, je me

dévêtis lentement. L'air était presque vif, mais le soleil ardent. J'offris tout mon corps à sa flamme. Je m'assis, me couchai, me tournai. Je sentais sous moi le sol dur; l'agitation des herbes folles me frôlait. Bien qu'à l'abri du vent, je frémissais et palpitais à chaque souffle. Bientôt m'enveloppa une cuisson délicieuse; tout mon être affluait vers ma peau.

Nous demeurâmes à Ravello quinze jours ; chaque matin je retournais vers ces rochers, faisais ma cure. Bientôt l'excès de vêtement dont je me recouvrais encore devint gênant et superflu; mon épiderme tonifié cessa de transpirer sans cesse et sut se protéger par sa propre chaleur.

Le matin d'un des derniers jours (nous étions au milieu d'avril), j'osai plus. Dans une anfractuosité des rochers dont je parle, une source claire coulait. Elle retombait ici même en cascade, assez peu abondante, il est vrai, mais elle avait creusé sous la cascade un bassin plus profond où l'eau très pure s'attardait. Par trois fois j'y étais venu, m'étais penché, m'étais étendu sur la berge, plein de soif et plein de désirs; j'avais contemplé longuement le fond de roc poli, où l'on ne découvrait pas une salissure, pas une herbe, où le soleil, en vibrant et en se diaprant, pénétrait. Ce quatrième jour, j'avançai, résolu d'avance, jusqu'à

l'eau plus claire que jamais, et, sans plus réfléchir, m'y plongeai d'un coup tout entier. Vite
transi, je quittai l'eau, m'étendis sur l'herbe, au
soleil. Là des menthes croissaient, odorantes; j'en
cueillis, j'en froissai les feuilles, j'en frottai tout
mon corps humide, mais brûlant. Je me regardai
longuement, sans plus de honte aucune, avec joie.
Je me trouvais, non pas robuste encore, mais pouvant l'être, harmonieux, sensuel, presque beau.

Ainsi me contentais-je pour toute action, tout travail, d'exercices physiques qui, certes, impliquaient ma morale changée, mais qui ne m'apparaissaient déjà plus que comme un entraînement, un moyen, et ne me satisfaisaient plus pour eux-mêmes.

Un autre acte pourtant, à vos yeux ridicule peut-être, mais que je redirai, car il précise en sa puérilité le besoin qui me tourmentait de manifester au-dehors l'intime changement de mon être : à Amalfi, je m'étais fait raser.

Jusqu'à ce jour j'avais porté toute ma barbe, avec les cheveux presque ras. Il ne me venait pas à l'idée qu'aussi bien j'aurais pu porter une coiffure différente. Et, brusquement, le jour où je me mis pour la première fois nu sur la roche, cette

barbe me gêna; c'était comme un dernier vêtement que je n'aurais pu dépouiller; je la sentais
comme postiche; elle était soigneusement taillée,
non pas en pointe, mais en une forme carrée, qui
me parut aussitôt très déplaisante et ridicule. Rentré dans la chambre d'hôtel, je me regardai dans
la glace et me déplus; j'avais l'air de ce que j'avais
été jusqu'alors : un chartiste. Sitôt après le déjeuner, je descendis à Amalfi, ma résolution prise. La
ville est très petite : je dus me contenter d'une
vulgaire échoppe sur la place. C'était jour de marché; la boutique était pleine; je dus attendre inter-
minablement; mais rien, ni les rasoirs douteux,
le blaireau jaune, l'odeur, les propos du barbier,
ne put me faire reculer. Sentant sous les ciseaux
tomber ma barbe, c'était comme si j'enlevais un
masque. N'importe! quand, après, je m'apparus,
l'émotion qui m'emplit et que je réprimai de mon
mieux ne fut pas la joie, mais la peur. Je ne
discute pas ce sentiment; je le constate. Je trouvais mes traits assez beaux. Non, la peur venait
de ce qu'il me semblait qu'on voyait à nu ma
pensée et de ce que, soudain, elle me paraissait
redoutable.

Par contre, je laissais pousser mes cheveux.

Voilà tout ce que mon être neuf, encore désœuvré, trouvait à faire. Je pensais qu'il naîtrait de

lui des actes étonnants pour moi-même; mais plus
tard; plus tard, me disais-je, quand l'être serait
plus formé. Forcé de vivre en attendant, je conser-
vais, comme Descartes, une façon provisoire d'agir.
Marceline ainsi put s'y tromper. Le changement
de mon regard, il est vrai, et, surtout le jour où
j'apparus sans barbe, l'expression nouvelle de mes
traits, l'auraient inquiétée peut-être, mais elle m'aimait trop déjà pour me bien voir; puis je la ras-
surais de mon mieux. Il importait qu'elle ne troublât pas ma renaissance; pour la soustraire à ses
regards, je devais donc dissimuler.

Aussi bien, celui que Marceline aimait, celui
qu'elle avait épousé, ce n'était pas mon « nouvel
être ». Et je me redisais cela, pour m'exciter à le
cacher. Ainsi ne lui livrais-je de moi qu'une image
qui, pour être constante et fidèle au passé, devenait de jour en jour plus fausse.

Mes rapports avec Marceline demeurèrent donc,
en attendant, les mêmes — quoique plus exaltés
de jour en jour, par un toujours plus grand amour.
Ma dissimulation même (si l'on peut appeler ainsi
le besoin de préserver de son jugement ma pensée), ma dissimulation l'augmentait. Je veux dire
que ce jeu m'occupait de Marceline sans cesse.
Peut-être cette contrainte au mensonge me coûta-
t-elle un peu d'abord : mais j'arrivai vite à com-

prendre que les choses réputées les pires (le mensonge, pour ne citer que celle-là) ne sont difficiles
à faire que tant qu'on ne les a jamais faites; mais
qu'elles deviennent chacune, et très vite, aisées,
plaisantes, douces à refaire, et bientôt comme naturelles. Ainsi donc, comme à chaque chose pour
laquelle un premier dégoût est vaincu, je finis par
trouver plaisir à cette dissimulation même, à m'y
attarder, comme au jeu de mes facultés inconnues.
Et j'avançais chaque jour, dans une vie plus riche
et plus pleine, vers un plus savoureux bonheur.

La route de Ravello à Sorrente est si belle que je ne souhaitais ce matin rien voir de plus beau sur la terre. L'âpreté chaude de la roche, l'abondance de l'air, les senteurs, la limpidité, tout m'emplissait du charme adorable de vivre et me suffisait à ce point que rien d'autre qu'une joie légère ne semblait habiter en moi; souvenirs ou regrets, espérance ou désir, avenir et passé se taisaient; je ne connaissais plus de la vie que ce qu'en apportait, en emportait l'instant. — O joie physique! m'écriais-je; rythme sûr de mes muscles! santé!

J'étais parti de grand matin, précédant Marceline dont la trop calme joie eût tempéré la mienne, comme son pas eût ralenti le mien. Elle me rejoindrait en voiture, à Positano, où nous devions déjeuner.

119

J'approchais de Positano lorsqu'un bruit de roues, formant <u>basse</u> à un chant bizarre, me fit tout à coup retourner. Et d'abord je ne pus rien voir, à cause d'un tournant de la route qui borde en cet endroit la falaise; puis brusquement une voiture surgit, à l'allure désordonnée; c'était celle de Marceline. Le cocher chantait à tue-tête, faisait de grands gestes, se dressait debout sur son siège, fouettait férocement le cheval affolé. Quelle brute! Il passa devant moi qui n'eus que le temps de me ranger, n'arrêta pas à mon appel... Je m'élançai : mais la voiture allait trop vite. Je tremblais à la fois et d'en voir sauter brusquement Marceline, et de l'y voir rester; un sursaut du cheval pouvait la précipiter dans la mer. Soudain le cheval s'abat. Marceline descend, veut fuir; mais déjà je suis auprès d'elle. Le cocher, sitôt qu'il me voit, m'accueille avec d'horribles jurons. J'étais furieux contre cet homme; à sa première insulte, je m'élançai et brutalement le jetai bas de son siège. Je roulai par terre avec lui, mais ne perdis pas l'avantage; il semblait étourdi par sa chute, et bientôt le fut plus encore par un coup de poing que je lui allongeai en plein visage quand je vis qu'il voulait me mordre. Pourtant je ne le lâchai point, pesant du genou sur sa poitrine et tâchant de maîtriser ses bras. Je regardais sa figure hideuse que mon poing venait d'enlaidir davantage; il crachait, bavait, saignait, jurait, ah! l'horrible être! Vrai! l'étrangler paraissait légitime; et peut-être l'eussé-je fait... du moins je m'en sentis capable; et je crois bien que seule l'idée de la police m'arrêta.

Je parvins, non sans peine, à ligoter solidement l'enragé. Comme un sac, je le jetai dans la voiture.

Ah! quels regards après, Marceline et moi nous échangeâmes. Le danger n'avait pas été grand; mais j'avais dû montrer ma force, et cela pour la protéger. Il m'avait aussitôt semblé que je pourrais donner ma vie pour elle et la donner toute avec joie... Le cheval s'était relevé. Laissant le fond de la voiture à l'ivrogne, nous montâmes sur le siège tous deux, et, conduisant tant bien que mal, pûmes gagner Positano, puis Sorrente.

Ce fut cette nuit-là que je possédai Marceline.

Avez-vous bien compris ou dois-je vous redire que j'étais comme neuf aux choses de l'amour? Peut-être est-ce à sa nouveauté que notre nuit de noces dut sa grâce. Car il me semble, à m'en souvenir aujourd'hui, que cette première nuit fut la seule, tant l'attente et la surprise de l'amour ajoutaient à la volupté de délices, — tant une seule nuit suffit au plus grand amour pour se dire, et tant mon souvenir s'obstine à me la rappeler uniquement. Ce fut un rire d'un moment, où nos âmes se confondirent. Mais je crois qu'il est un point de l'amour, unique, et que l'âme plus tard, ah! cherche en vain à dépasser; que l'effort qu'elle fait pour ressusciter son bonheur, l'use; que rien n'empêche le bonheur comme le souvenir du bonheur. Hélas! je me souviens de cette nuit.

Notre hôtel était hors la ville, entouré de jardins, de vergers; un très large balcon prolongeait notre chambre; des branches le frôlaient. L'aube entra librement par notre croisée grande ouverte. Je me soulevai doucement, et tendrement je me penchai sur Marceline. Elle dormait; elle semblait sourire en dormant. Il me sembla, d'être plus <u>fort</u>, que je la sentais plus délicate, et que sa grâce était une fragilité. De tumultueuses pensées vinrent tourbillonner en ma tête. Je songeai qu'elle ne mentait pas, disant que j'étais tout pour elle; puis aussitôt : « Qu'est-ce que je fais donc pour sa joie? Presque tout le jour et chaque jour je l'abandonne; elle attend tout de moi, et moi je la délaisse! ah! pauvre, pauvre Marceline! » Des larmes emplirent mes yeux. En vain cherchai-je en ma débilité passée comme une excuse; qu'avais-je <u>affaire</u> maintenant de soins constants et d'égoïsme? n'étais-je pas plus fort qu'elle à présent?

Le sourire avait quitté ses joues; l'aurore, malgré qu'elle dorât chaque chose, me la fit voir soudain triste et pâle; et — peut-être l'approche du matin me disposait-elle à l'angoisse : « Devrai-je un jour, à mon tour, te soigner? m'inquiéter pour toi, Marceline? » m'écriai-je au-dedans de moi. Je frissonnai; et, tout transi d'amour, de pitié, de tendresse, je posai doucement entre ses yeux fermés le plus tendre, le plus amoureux et le plus pieux des baisers.

Les quelques jours que nous vécûmes à Sorrente furent des jours souriants et très calmes.
Avais-je jamais goûté tel repos, tel bonheur? En
goûterais-je pareils désormais?... J'étais près de
Marceline sans cesse; m'occupant moins de moi,
je m'occupais plus d'elle et trouvais à causer avec
elle la joie que je prenais les jours précédents à
me taire.

Je pus être étonné d'abord de sentir que notre
vie errante, où je prétendais me satisfaire pleine-
ment, ne lui plaisait que comme un état provisoire; mais tout aussitôt le désœuvrement de cette
vie m'apparut; j'acceptai qu'elle n'eût qu'un temps
et pour la première fois, un désir de travail renais-
sant de l'inoccupation même où me laissait enfin
ma santé rétablie, je parlai sérieusement de retour;

à la joie qu'en montra Marceline, je compris qu'elle y songeait depuis longtemps.

Cependant les quelques travaux d'histoire auxquels je recommençais de songer n'avaient plus pour moi même goût. Je vous l'ai dit : depuis ma maladie, la connaissance abstraite et neutre du passé me semblait vaine, et si naguère j'avais pu m'occuper à des recherches philologiques, m'attachant par exemple à préciser la part de l'influence gothique dans la déformation de la langue latine, et négligeant, méconnaissant les figures de Théodoric, de Cassiodore, d'Amalasonthe et leurs passions admirables pour ne m'exalter plus que sur des signes et sur le résidu de leur vie, à présent ces mêmes signes, et la philologie tout entière, ne m'étaient plus que comme un moyen de pénétrer mieux dans ce dont la sauvage grandeur et la noblesse m'apparurent. Je résolus de m'occuper de cette époque davantage, de me limiter pour un temps aux dernières années de l'empire des Goths, et de mettre à profit notre prochain passage à Ravenne, théâtre de son agonie.

Mais, l'avouerai-je, la figure du jeune roi Athalaric était ce qui m'y attirait le plus. J'imaginais cet enfant de quinze ans, sourdement excité par les Goths, se révolter contre sa mère Amalasonthe, regimber contre son éducation latine, rejeter la

culture comme un cheval <u>entier</u> fait d'un har-
nais gênant, et, préférant la société des Goths <u>im-
policés</u> à celle du trop sage et vieux Cassiodore,
<u>goûter</u>, quelques années, avec de rudes favoris de
son âge, une vie violente, voluptueuse et débri-
dée, pour mourir à dix-huit ans, tout gâté, soûlé
de débauches. Je retrouvais dans ce tragique élan
vers un état plus sauvage et intact quelque chose
de ce que Marceline appelait en souriant « ma
crise ». Je cherchais un contentement à y appliquer au moins mon esprit, puisque je n'y occupais
plus mon <u>corps</u>; et, dans la mort affreuse d'Athalaric, je me persuadais de mon mieux qu'il fallait
lire une leçon.

Avant Ravenne, où nous nous attarderions donc
quinze jours, nous verrions rapidement Rome et
Florence, puis, laissant Venise et Vérone, brusque-
rions la fin du voyage pour ne nous arrêter qu'à
Paris. Je trouvais un plaisir tout neuf à parler
d'avenir avec Marceline; une certaine indécision
restait encore au sujet de l'emploi de l'été; las de
voyages l'un et l'autre, nous voulions ne pas repartir; je souhaitais pour mes études la plus grande
tranquillité; et nous pensâmes à une propriété de
<u>rapport</u> entre Lisieux et Pont-l'Évêque, en la plus
verte Normandie, — propriété que possédait jadis
ma mère, où j'avais avec elle passé quelques étés

de mon enfance, mais où depuis sa mort je n'étais pas retourné. Mon père en avait confié l'entretien et la surveillance à un garde, âgé maintenant, qui touchait pour lui, puis nous envoyait régulièrement les fermages. Une grande et très agréable maison, dans un jardin coupé d'eaux vives, m'avait laissé des souvenirs enchantés; on l'appelait la Morinière; il me semblait qu'il ferait bon y demeurer.

L'hiver prochain, je parlais de le passer à Rome; en travailleur, non plus en voyageur cette fois. Mais ce dernier projet fut vite renversé : dans l'important courrier qui, depuis longtemps, nous attendait à Naples, une lettre m'apprenait brusquement que, se trouvant vacante une chaire au Collège de France, mon nom avait été plusieurs fois prononcé; ce n'était qu'une suppléance, mais qui précisément, pour l'avenir, me laisserait une plus grande liberté; l'ami qui m'instruisait de ceci m'indiquait, si je voulais bien accepter, quelques faciles démarches à faire, et me pressait fort d'accepter. J'hésitai, voyant surtout d'abord un esclavage; puis songeai qu'il pourrait être intéressant d'exposer, en un cours, mes travaux sur Cassiodore. Le plaisir que j'allais faire à Marceline, en fin de compte, me décida. Et, sitôt ma décision prise, je n'en vis plus que l'avantage.

Dans le monde savant de Rome et de Florence, mon père entretenait diverses relations avec qui j'étais moi-même entré en correspondance. Elles me donnèrent tous moyens de faire les recherches que je voudrais, à Ravenne et ailleurs; je ne songeais plus qu'au travail. Marceline s'ingéniait à le favoriser par mille soins charmants et mille prévenances.

Notre bonheur, durant cette fin de voyage, fut si égal, si calme, que je n'en peux rien raconter. Les plus belles œuvres des hommes sont obstinément douloureuses. Que serait le récit du bonheur? Rien, que ce qui le prépare, puis ce qui le détruit, ne se raconte. — Et je vous ai dit maintenant tout ce qui l'avait préparé.

DEUXIÈME PARTIE

Nous arrivâmes à la Morinière dans les premiers jours de juillet, ne nous étant arrêtés à Paris
que le temps strictement nécessaire pour nos appro-
visionnements et pour quelques rares visites.

La Morinière, je vous l'ai dit, est située entre
Lisieux et Pont-l'Évêque, dans le pays le plus
ombreux, le plus mouillé que je connaisse. De
multiples vallonnements, étroits et mollement cour-
bés, aboutissent non loin de la très large vallée
d'Auge, qui s'aplanit d'un coup jusqu'à la mer. Nul
horizon; des bois taillis pleins de mystère; quelques
champs, mais des prés surtout, des pacages aux
molles pentes, dont l'herbe épaisse est deux fois
l'an fauchée, où des pommiers nombreux, quand
le soleil est bas, joignent leur ombre, où paissent
de libres troupeaux; dans chaque creux, de l'eau,

étang, mare ou rivière; on entend des ruisselle-
ments continus.

Ah! comme je reconnus bien la maison! ses
toits bleus, ses murs de briques et de pierre, ses
douves, les reflets dans les dormantes eaux... C'était
une vieille maison où l'on aurait logé plus de
douze; Marceline, trois domestiques, moi-même
parfois y aidant, nous avions fort à faire d'en
animer une partie. Notre vieux garde, qui se nommait Bocage, avait déjà fait apprêter de son mieux
quelques pièces : de leur sommeil de vingt années
les vieux meubles se réveillèrent; tout était resté
tel que mon souvenir le voyait, les lambris point
trop délabrés, les chambres aisément habitables.
Pour mieux nous accueillir, Bocage avait rempli
de fleurs tous les vases qu'il avait trouvés. Il avait
fait sarcler, ratisser la grand-cour et les plus proches
allées du parc. La maison, quand nous arrivâmes,
recevait le dernier rayon du soleil, et de la vallée
devant elle une immobile brume était montée qui
voilait et qui révélait la rivière. Dès avant d'arriver, je reconnus soudain l'odeur de l'herbe; et
quand j'entendis de nouveau tourner autour de
la maison les cris aigus des hirondelles, tout le
passé soudain se souleva, comme s'il m'attendait
et, me reconnaissant, voulait se refermer sur mon
approche.

Au bout de quelques jours, la maison devint à peu près confortable; j'aurais pu me mettre au travail; je tardais, écoutant encore se rappeler à moi minutieusement mon passé, puis bientôt occupé par une émotion trop nouvelle : Marceline, une semaine après notre arrivée, me confia qu'elle était enceinte.

Il me sembla dès lors que je lui dusse des soins nouveaux, qu'elle eût droit à plus de tendresse; tout au moins dans les premiers temps qui suivirent sa confidence, je passai donc près d'elle presque tous les moments du jour. Nous allions nous asseoir près du bois, sur le banc où jadis j'allais m'asseoir avec ma mère; là, plus voluptueusement se présentait à nous chaque instant, plus insensiblement coulait l'heure. De cette époque de ma vie, si nul souvenir distinct ne se détache, ce n'est point que j'en garde une moins vive reconnaissance — mais bien parce que tout s'y mêlait, s'y fondait en un uniforme bien-être, où le soir s'unissait au matin, où les jours se liaient aux jours.

Je repris lentement mon travail, l'esprit calme, dispos, sûr de sa force, regardant l'avenir avec confiance et sans fièvre, la volonté comme adoucie, et comme écoutant le conseil de cette terre tempérée.

Nul doute, pensais-je, que l'exemple de cette

terre, où tout s'apprête au fruit, à l'utile moisson, ne doive avoir sur moi la meilleure influence. J'admirais quel tranquille avenir promettaient ces robustes bœufs, ces vaches pleines dans ces opulentes prairies. Les pommiers en ordre plantés aux favorables penchants des collines annonçaient cet été des récoltes superbes; je rêvais sous quelle riche charge de fruits allaient bientôt ployer leurs branches. De cette abondance ordonnée, de cet asservissement joyeux, de ces souriantes cultures, une harmonie s'établissait, non plus fortuite, mais dictée, un rythme, une beauté tout à la fois humaine et naturelle, où l'on ne savait plus ce que l'on admirait, tant étaient confondus en une très parfaite entente l'éclatement fécond de la libre nature, l'effort savant de l'homme pour la régler. Que serait cet effort, pensais-je, sans la puissante sauvagerie qu'il domine? Que serait le sauvage élan de cette sève débordante sans l'intelligent effort qui l'endigue et l'amène en riant au luxe? — Et je me laissais rêver à telles terres où toutes forces fussent si bien réglées, toutes dépenses si compensées, tous échanges si stricts, que le moindre déchet devînt sensible; puis, appliquant mon rêve à la vie, je me construisais une éthique qui devenait une science de la parfaite utilisation de soi par une intelligente contrainte.

Où s'enfonçaient, où se cachaient alors mes tur-
bulences de la veille? Il semblait, tant j'étais calme,
qu'elles n'eussent jamais existé. Le flot de mon
amour les avait recouvertes toutes.

Cependant le vieux Bocage autour de nous faisait du zèle; il dirigeait, surveillait, conseillait; on
sentait à l'excès son besoin de se paraître indispensable. Pour ne pas le désobliger, il fallut exa-
miner ses comptes, écouter tout au long ses explications infinies. Cela même ne lui suffit point;
je dus l'accompagner sur les terres. Sa senten-
cieuse prud'homie, ses continuels discours, l'évi-
dente satisfaction de lui-même, la montre qu'il
faisait de son honnêteté, au bout de peu de temps
m'exaspérèrent; il devenait de plus en plus pressant, et tous moyens m'eussent parus bons, pour
reconquérir mes aises — lorsqu'un événement inat-
tendu vint donner à mes relations avec lui un
caractère différent: Bocage, un certain soir, m'an-
nonça qu'il attendait pour le lendemain son fils
Charles.

Je dis: ah! presque indifférent, ne m'étant,
jusqu'alors, pas beaucoup soucié des enfants que
pouvait bien avoir Bocage; puis, voyant que mon
indifférence l'affectait, qu'il attendait de moi
quelque marque d'intérêt et de surprise:

— Où donc était-il à présent? demandai-je.

135

— Dans une ferme modèle, près d'Alençon, répondit Bocage.

— Il doit bien avoir à présent près de... continuai-je, supputant l'âge de ce fils dont j'avais ignoré jusqu'alors l'existence, et parlant assez lentement pour lui laisser le temps de m'interrompre.

— Dix-sept ans passés, reprit Bocage. Il n'avait pas beaucoup plus de quatre ans quand Madame votre mère est morte. Ah! c'est un grand gars maintenant; bientôt il en saura plus que son père. Et Bocage une fois lancé, rien ne pouvait plus l'arrêter, si apparente que pût être ma lassitude.

Le lendemain je ne pensais plus à cela, quand Charles, vers la fin du jour, frais arrivé, vint présenter à Marceline et à moi ses respects. C'était un beau gaillard, si riche de santé, si souple, si bien fait, que les affreux habits de ville qu'il avait mis en notre honneur ne parvenaient pas à le rendre trop ridicule; à peine sa timidité ajoutait-elle encore à sa belle rougeur naturelle. Il semblait n'avoir que quinze ans, tant la couleur de son regard était demeurée enfantine; il s'exprimait bien clairement, sans fausse honte, et, contrairement à son père, ne parlait pas pour ne rien dire. Je ne sais plus quels propos nous échangeâmes ce premier soir; occupé de le regarder, je ne trouvais rien à lui dire et laissais Marceline lui parler.

Mais le jour suivant, pour la première fois je n'attendis pas que le vieux Bocage vînt me prendre pour monter sur la ferme, où je savais qu'étaient commencés des travaux.

Il s'agissait de réparer une mare. Cette mare, grande comme un étang, fuyait; on connaissait le lieu de cette fuite et l'on devait le cimenter. Il fallait pour cela commencer par vider la mare, ce qu'on n'avait pas fait depuis quinze ans. Carpes et tanches y abondaient, quelques-unes très grosses, qui ne quittaient plus les bas-fonds. J'étais désireux d'en acclimater dans les eaux des douves et d'en donner aux ouvriers, de sorte que la partie de plaisir d'une pêche s'ajoutait cette fois au travail, ainsi que l'annonçait l'extraordinaire animation de la ferme; quelques enfants des environs étaient venus, s'étaient mêlés aux travailleurs. Marceline elle-même devait un peu plus tard nous rejoindre.

L'eau baissait depuis longtemps déjà quand j'arrivai. Parfois un grand frémissement en ridait soudain la surface, et les dos bruns des poissons inquiets transparaissaient. Dans les flaques du bord, des enfants pataugeurs capturaient un fretin brillant qu'ils jetaient dans des seaux pleins d'eau claire. L'eau de la mare, que l'émoi des poissons achevait de troubler, était terreuse et d'instant en instant plus opaque. Les poissons abondaient au-delà de toute espérance; quatre valets de ferme en ramenaient en plongeant la main au hasard. Je regrettais que Marceline se fît attendre et je me décidais à courir la chercher lorsque quelques cris annoncèrent les premières anguilles. On ne réussissait pas à les prendre; elles glissaient entre les doigts. Charles, qui jusqu'alors était resté près de son père sur la rive, n'y tint plus; il ôta brusquement ses souliers, ses chaussettes, mit bas sa veste et son gilet, puis, relevant très haut son pantalon et les manches de sa chemise, il entra dans la vase résolument. Tout aussitôt je l'imitai.

— Eh bien! Charles! criai-je, avez-vous bien fait de revenir hier?

Il ne répondit rien, mais me regarda tout riant, déjà fort occupé à sa pêche. Je l'appelai bientôt pour m'aider à cerner une grosse anguille; nous unissions nos mains pour la saisir. Puis, après celle-là, ce fut une autre; la vase nous éclaboussait au visage; parfois on enfonçait brusquement et l'eau nous montait jusqu'aux cuisses; nous fûmes bientôt tout trempés. A peine, dans l'ardeur du jeu, échangions-nous quelques cris, quelques phrases; mais, à la fin du jour, je m'aperçus que je tutoyais Charles, sans bien savoir quand j'avais commencé. Cette action commune nous en avait appris plus l'un sur l'autre que n'aurait pu le faire une longue conversation. Marceline n'était pas encore venue et ne vint pas mais déjà je ne regrettais plus son absence; il me semblait qu'elle eût un peu gêné notre joie.

Dès le lendemain, je sortis retrouver Charles sur la ferme. Nous nous dirigeâmes tous deux vers les bois.

Moi qui connaissais mal mes terres et m'inquiétais peu de les mieux connaître, je fus fort étonné de voir que Charles les connaissait fort bien, ainsi que les répartitions des fermages; il m'apprit, ce dont je me doutais à peine, que j'avais six fermiers, que j'eusse pu toucher seize à dix-huit mille francs des fermages, et que si j'en touchais à grand-peine la moitié, c'est que presque tout s'absorbait en réparations de toutes sortes et en paiement d'intermédiaires. Certains sourires qu'il avait en examinant les cultures me firent bientôt douter que l'exploitation de mes terres fût aussi excellente que j'avais pu le croire d'abord et que me le donnait à entendre Bocage; je poussai Charles sur ce sujet, et cette intelligence toute pratique, qui m'exaspérait en Bocage, en cet enfant sut m'amuser. Nous reprîmes jour après jour nos promenades; la propriété était vaste, et quand nous eûmes bien fouillé tous les coins, nous recommençâmes avec plus de

méthode. Charles ne me dissimula point l'irritation que lui causait la vue de certains champs
mal cultivés, d'espaces encombrés de genêts, de
chardons, d'herbes sures; il sut me faire partager
cette haine pour la jachère et rêver avec lui de
cultures mieux ordonnées.

— Mais, lui disais-je d'abord, de ce médiocre
entretien, qui en souffre? Le fermier tout seul,
n'est-ce pas? Le rapport de sa ferme, s'il varie,
ne fait pas varier le prix d'affermage.

Et Charles s'irritait un peu : — Vous n'y connaissez rien, se permettait-il de répondre, — et je sou-
riais aussitôt. — Ne considérant que le revenu, vous
ne voulez pas remarquer que le capital se dété-
riore. Vos terres, à être imparfaitement cultivées,
perdent lentement leur valeur.

— Si elles pouvaient, mieux cultivées, rapporter
plus, je doute que le fermier ne s'y attelle; je le
sais trop intéressé pour ne pas récolter tant qu'il
peut.

— Vous comptez, continuait Charles, sans l'augmentation de main-d'œuvre. Ces terres sont parfois loin des fermes. A être cultivées, elles ne rap-
porteraient rien ou presque, mais au moins ne
s'abîmeraient pas.

Et la conversation continuait. Parfois pendant
une heure et tout en arpentant les champs, nous

semblions ressasser les mêmes choses; mais j'écoutais et, petit à petit, m'instruisais.

— Après tout, cela regarde ton père, lui dis-je un jour, impatienté. Charles rougit un peu :

— Mon père est vieux, dit-il; il a déjà beaucoup à faire de veiller à l'exécution des baux, à l'entretien des bâtiments, à la bonne rentrée des fermages. Sa mission ici n'est pas de réformer.

— Quelles réformes proposerais-tu, toi? continuais-je. Mais alors il se dérobait, prétendait ne pas s'y connaître; ce n'est qu'à force d'insistances que je le contraignais à s'expliquer :

— Enlever aux fermiers toutes terres qu'ils laissent incultivées, finissait-il par conseiller. Si les fermiers laissent une partie de leurs champs en jachère, c'est preuve qu'ils ont trop du tout pour vous payer; ou, s'ils prétendent garder tout, hausser le prix de leurs fermages. — Ils sont tous paresseux, dans ce pays, ajoutait-il.

Des six fermes que je me trouvais avoir, celle où je me rendais le plus volontiers était située sur la colline qui dominait la Morinière; on l'appelait la Valterie; le fermier qui l'occupait n'était pas déplaisant; je causais avec lui volontiers. Plus près de la Morinière, une ferme dite « la ferme du Château » était louée à demi par un système de demi-métayage qui laissait Bocage, à défaut du pro-

priétaire absent, possesseur d'une partie du bétail.
A présent que la défiance était née, je commençais à soupçonner l'honnête Bocage lui-même,
sinon de me duper, du moins de me laisser duper
par plusieurs. On me réservait, il est vrai, une
écurie et une étable, mais il me parut bientôt
qu'elles n'étaient inventées que pour permettre au
fermier de nourrir ses vaches et ses chevaux avec
mon avoine et mon foin. J'avais écouté bénévole-
ment jusqu'alors les plus invraisemblables nouvelles que Bocage, de temps à autre, m'en donnait : mortalités, malformations et maladies,
j'acceptais tout. Qu'il suffît qu'une des vaches du
fermier tombât malade pour devenir une de mes
vaches, je n'avais pas encore pensé que cela fût
possible; ni qu'il suffît qu'une de mes vaches allât
très bien pour devenir vache du fermier; cependant quelques remarques imprudentes de Charles,
quelques observations personnelles commencèrent
à m'éclairer; mon esprit une fois averti alla vite.

Marceline, avertie par moi, vérifia minutieusement tous les comptes, mais n'y put relever
aucune erreur; l'honnêteté de Bocage s'y réfugiait.
— Que faire? — Laisser faire. — Mais au moins,
sourdement irrité, surveillai-je à présent les bêtes,
sans pourtant trop le laisser voir.

J'avais quatre chevaux et dix vaches; c'était

142

assez pour bien me tourmenter. De mes quatre chevaux, il en était un qu'on nommait encore le « poulain », malgré qu'il eût trois ans passés; on s'occupait alors de le dresser; je commençais à m'y intéresser, lorsqu'un beau jour on vint me déclarer qu'il était parfaitement intraitable, qu'on n'en pourrait jamais rien faire et que le mieux était de m'en débarrasser. Comme si j'en eusse voulu douter, on l'avait fait briser le devant d'une petite charrette et s'y ensanglanter les jarrets.

J'eus, ce jour-là, peine à garder mon calme, et ce qui me retint, ce fut la gêne de Bocage. Après tout, il y avait chez lui plus de faiblesse que de mauvais vouloir, pensai-je, la faute est aux serviteurs; mais il ne se sentent pas dirigés.

Je sortis dans la cour voir le poulain. Dès qu'il m'entendit approcher, un serviteur qui le frappait le caressa; je fis comme si je n'avais rien vu. Je ne connaissais pas grand-chose aux chevaux, mais ce poulain me semblait beau; c'était un demi-sang bai clair, aux formes remarquablement élancées; il avait l'œil très vif, la crinière ainsi que la queue presque blondes. Je m'assurai qu'il n'était pas blessé, exigeai qu'on pansât ses écorchures et repartis sans ajouter un mot.

Le soir, dès que je revis Charles, je tâchai de savoir ce que lui pensait du poulain.

143

— Je le crois très doux, me dit-il; mais ils ne savent pas s'y prendre; ils vous le rendront enragé.

— Comment t'y prendrais-tu, toi?

— Monsieur veut-il me le confier pour huit jours? J'en <u>réponds.</u>

— Et que lui feras-tu?

— Vous verrez.

Le lendemain, Charles emmena le poulain dans un recoin de prairie qu'ombrageait un noyer superbe et que contournait la rivière; je m'y rendis accompagné de Marceline. C'est un de mes plus vifs souvenirs. Charles avait attaché le poulain, par une corde de quelques mètres, à un pieu solidement fiché dans le sol. Le poulain, trop nerveux, s'était, paraît-il, fougueusement débattu quelque temps; à présent, assagi, lassé, il tournait en rond d'une façon plus calme; son trot, d'une élasticité surprenante, était aimable à regarder et séduisait comme une danse. Charles, au centre du cercle, évitant à chaque tour la corde d'un saut brusque, l'excitait ou le calmait de la parole; il tenait à la main un grand fouet, mais je ne le vis pas s'en servir. Tout, dans son air et dans ses gestes, par sa jeunesse et par sa joie, donnait à ce travail le bel aspect fervent du plaisir. Brusquement et je ne sais comment, il enfourcha la bête; elle avait ralenti son allure, puis s'était arrêtée;

il l'avait caressée un peu, puis soudain je le vis
à cheval, sûr de lui, se maintenant à peine à la
crinière, riant, penché, prolongeant sa caresse. A
peine le poulain avait-il un instant regimbé; à
présent il reprenait son trot égal, si beau, si souple,
que j'enviais Charles et le lui dis.

— Encore quelques jours de dressage et la
selle ne le chatouillera plus; dans deux semaines,
Madame elle-même osera le monter : il sera doux
comme une agnelle.

Il disait vrai; quelques jours après le cheval se
laissa caresser, habiller, mener, sans défiance; et
Marceline même l'eût monté si son état lui eût
permis cet exercice.

— Monsieur devrait bien l'essayer, me dit
Charles.

C'est ce que je n'eusse jamais fait seul; mais
Charles proposa de seller pour lui-même un autre
cheval de la ferme; le plaisir de l'accompagner
m'emporta.

Que je fus reconnaissant à ma mère de m'avoir
conduit au manège durant ma première jeunesse!
Le lointain souvenir de ces premières leçons me
servit. Je ne me sentis pas trop étonné d'être à
cheval; au bout de peu d'instants, j'étais sans
crainte aucune et à mon aise. Le cheval que mon-

tait Charles était plus lourd, sans race, mais point désagréable à voir; surtout, Charles le montait bien. Nous prîmes l'habitude de sortir un peu chaque jour; de préférence, nous partions de grand matin, dans l'herbe claire de rosée; nous gagnions la limite des bois; des <u>coudres</u> ruisselants, secoués au <u>passage</u>, nous trempaient; l'horizon tout à coup s'ouvrait; c'était la vaste vallée d'Auge; au loin on soupçonnait la mer. Nous restions un instant, sans descendre; le soleil naissant colorait, écartait, dispersait les brumes; puis nous repartions au grand trot; nous nous attardions sur la ferme; le travail commençait à peine; nous savourions cette joie fière, de devancer et de dominer les travailleurs; puis brusquement nous les quittions; je rentrais à la Morinière, au moment que Marceline se <u>levait</u>.

Je rentrais ivre d'air, étourdi de vitesse, les membres engourdis un peu d'une voluptueuse lassitude, l'esprit plein de santé, d'appétit, de fraîcheur. Marceline approuvait, encourageait ma fantaisie. En rentrant, encore tout guêtré, j'apportais vers le lit où elle s'attardait à m'attendre, une odeur de feuilles mouillées qui lui plaisait, me disait-elle. Et elle m'écoutait raconter notre course, l'éveil des champs, le recommencement du travail. Elle prenait autant de joie, semblait-il, à me sentir vivre, qu'à vivre. — Bientôt de cette joie aussi j'abusai; nos promenades s'allongèrent, et parfois je ne rentrais plus que vers midi.

Cependant, je réservais de mon mieux la fin du jour et la soirée à la préparation de mon cours. Mon travail avançait; j'en étais satisfait et ne considérais pas comme impossible qu'il valût la peine plus tard de réunir mes leçons en volume. Par une sorte de réaction naturelle, tandis que ma vie s'ordonnait, se réglait et que je me plaisais autour de moi à régler et à ordonner toutes choses, je m'éprenais de plus en plus de l'éthique fruste des Goths, et tandis qu'au long de mon cours je m'occupais, avec une hardiesse que l'on me reprocha suffisamment dans la suite, d'exalter l'inculture et d'en dresser l'apologie, je m'ingéniais laborieusement à dominer sinon à supprimer tout ce qui la pouvait rappeler autour de moi comme en <u>moi-même</u>. Cette sagesse, ou bien cette folie, jusqu'où ne la poussai-je pas?

Deux de mes fermiers, dont le bail expirait à la Noël, désireux de le renouveler, vinrent me trouver; il s'agissait de signer, selon l'usage, la feuille dite « promesse de bail ». Fort des assurances de Charles, excité par ses conversations quotidiennes, j'attendais résolument les fermiers. Eux, forts de ce qu'un fermier se remplace <u>malaisément</u>, récla-

mèrent d'abord une diminution de loyer. Leur
stupeur fut d'autant plus grande lorsque je leur
lus les « promesses » que j'avais rédigées moi-
même, où non seulement je me refusais à baisser
le prix des fermages, mais encore leur retirais certaines pièces de terre dont j'avais vu qu'ils ne faisaient aucun usage. Ils feignirent d'abord de le
prendre en riant. Je plaisantais. Qu'avais-je à
faire de ces terres? Elles ne valaient rien; et s'ils
n'en faisaient rien, c'était qu'on n'en pouvait rien
faire... Puis, voyant mon sérieux, ils s'obstinèrent;
je m'obstinai de mon côté. Ils crurent m'effrayer
en me menaçant de partir. Moi qui n'attendais
que ce mot :

— Eh! partez donc si vous voulez! Je ne vous
retiens pas, leur dis-je. Je pris les promesses de
bail et les déchirai devant eux.

Je restai donc avec plus de cent hectares sur
les bras. Depuis quelque temps déjà, je projetais
d'en confier la haute direction à Bocage, pensant
bien qu'indirectement c'est à Charles que je la
donnais; je prétendais aussi m'en occuper beaucoup moi-même; d'ailleurs je ne réfléchis guère :
le risque même de l'entreprise me tentait. Les
fermiers ne délogeaient qu'à la Noël; d'ici là nous
pouvions bien nous retourner. Je prévins Charles;
sa joie aussitôt me déplut; il ne put la dissimuler;

elle me fit sentir encore plus sa beaucoup trop grande jeunesse. Le temps pressait déjà; nous étions à cette époque de l'année où les premières récoltes laissent libres les champs pour les premiers labours. Par une convention établie, les travaux du fermier sortant et ceux du nouveau se côtoient, le premier abandonnant son bien pièce après pièce et sitôt les moissons rentrées. Je redoutais, comme une sorte de vengeance, l'animosité des deux fermiers congédiés; il leur plut au contraire de feindre à mon égard une parfaite complaisance (je ne sus que plus tard l'avantage qu'ils y trouvaient). J'en profitai pour courir le matin et le soir sur leurs terres qui devaient donc me revenir bientôt. L'automne commençait; il fallut embaucher plus d'hommes pour hâter les labours, les semailles; nous avions acheté herses, rouleaux, charrues; je me promenais à cheval, surveillant, dirigeant les travaux, prenant plaisir à commander.

Cependant, dans les prés voisins, les fermiers récoltaient les pommes; elles tombaient, roulaient dans l'herbe épaisse, abondantes comme à nulle autre année; les travailleurs n'y pouvaient point suffire; il en venait des villages voisins; on les embauchait pour huit jours; Charles et moi, parfois, nous amusions à les aider. Les uns gaulaient les branches pour en faire tomber les fruits tar-

difs; on récoltait à part les fruits tombés d'eux-
mêmes, trop mûrs, souvent talés, écrasés dans les
hautes herbes; on ne pouvait marcher sans en
fouler. L'odeur montant du pré était âcre et
douceâtre et se mêlait à celle des labours.

L'automne s'avançait. Les matins des derniers
beaux jours sont les plus frais, les plus limpides.
Parfois l'atmosphère mouillée bleuissait les loin-
tains, les reculait encore, faisait d'une promenade
un voyage; le pays semblait agrandi; parfois, au
contraire, la transparence anormale de l'air rendait les horizons tout proches; on les eût atteints
d'un coup d'aile; et je ne sais ce qui des deux
emplissait de plus de langueur. Mon travail était
à peu près achevé; du moins je le disais afin d'oser
mieux m'en distraire. Le temps que je ne passais
plus à la ferme, je le passais auprès de Marceline.
Ensemble nous sortions dans le jardin; nous mar-
chions lentement, elle languissamment et pesant
à mon bras; nous allions nous asseoir sur un banc,
d'où l'on dominait le vallon que le soir emplissait
de lumière. Elle avait une tendre façon de s'ap-
puyer sur mon épaule; et nous restions ainsi jusqu'au soir, sentant fondre en nous la journée, sans
gestes, sans paroles.

Comme un souffle parfois plisse une eau très
tranquille, la plus légère émotion sur son front se

laissait lire; en elle, mystérieusement elle écoutait frémir une nouvelle vie; je me penchais sur elle comme sur une profonde eau pure, où, si loin qu'on voyait, on ne voyait que de l'amour. Ah! si c'était encore le bonheur, je sais que j'ai voulu dès lors le retenir, comme on veut retenir dans ses mains rapprochées, en vain, une eau fuyante; mais déjà je sentais, à côté du bonheur, quelque autre chose que le bonheur, qui colorait bien mon amour, mais comme colore l'automne.

L'automne s'avançait. L'herbe, chaque matin plus trempée, ne séchait plus au revers de l'orée; à la fine aube elle était blanche. Les canards, sur l'eau des douves, battaient de l'aile; ils s'agitaient sauvagement; on les voyait parfois se soulever, faire avec de grands cris, dans un vol tapageur, tout le tour de la Morinière. Un matin nous ne les vîmes plus; Bocage les avait enfermés. Charles me dit qu'on les enferme ainsi chaque automne, à l'époque de la migration. Et, peu de jours après, le temps changea. Ce fut, un soir, tout à coup, un grand souffle, une haleine de mer, forte, non divisée, amenant le nord et la pluie, emportant les oiseaux nomades. Déjà l'état de Marceline, les soins d'une installation nouvelle, les premiers soucis de mon cours nous eussent rappelés en ville. La mauvaise saison, qui commençait tôt, nous chassa.

151

Les travaux de la ferme, il est vrai, devaient me rappeler en novembre. J'avais été fort dépité d'apprendre les dispositions de Bocage pour l'hiver; il me déclara son désir de renvoyer Charles sur la ferme modèle, où il avait, prétendait-il, encore passablement à apprendre; je causai longuement, employai tous les arguments que je trouvai, mais ne pus le faire céder; tout au plus, accepta-t-il d'écourter un peu ces études pour permettre à Charles de revenir un peu plus tôt. Bocage ne me dissimulait pas que l'exploitation des deux fermes ne se ferait pas sans grand-peine; mais il avait en vue, m'apprit-il, deux paysans très sûrs qu'il comptait prendre sous ses ordres; ce seraient presque des fermiers, presque des métayers, presque des serviteurs; la chose était, pour le pays, trop nouvelle pour qu'il en augurât rien de bon; mais c'était, disait-il, moi qui l'avais voulu. — Cette conversation avait lieu vers la fin d'octobre. Aux premiers jours de novembre, nous rentrions à Paris.

Ce fut dans la rue S***, près de Passy, que nous nous installâmes. L'appartement que nous avait indiqué un des frères de Marceline, et que nous avions pu visiter lors de notre dernier passage à Paris, était beaucoup plus grand que celui que m'avait laissé mon père, et Marceline put s'inquiéter quelque peu, non point seulement du loyer plus élevé, mais aussi de toutes les dépenses auxquelles nous allions nous laisser entraîner. A toutes ses craintes j'opposais une factice horreur du provisoire; je me forçais moi-même d'y croire et l'exagérais à dessein. Certainement les divers frais d'installation excéderaient nos revenus cette année, mais notre fortune déjà belle devait s'embellir encore; je comptais pour cela sur mon cours, sur la publication de mon livre et même, avec quelle folie! sur les nouveaux rendements de mes fermes. Je ne m'arrêtai donc devant aucune dépense, me disant à chacune que je me liais d'autant plus, et prétendant supprimer du même coup toute humeur vagabonde que je pouvais sentir, ou craindre de sentir en moi.

Les premiers jours, et du matin au soir, notre temps se passa en courses; et bien que le frère de Marceline, très obligeamment, s'offrît ensuite pour nous en épargner plusieurs, Marceline ne tarda pas à se sentir très fatiguée. Puis, au lieu du repos qui lui eût été nécessaire, il lui fallut, aussitôt installée, recevoir visites sur visites; l'éloignement où nous avions vécu jusqu'alors les faisait à présent affluer, et Marceline, déshabituée du monde, ni ne savait les abréger, ni n'osait condamner sa porte; je la trouvais, le soir, exténuée; et si je ne m'inquiétai pas d'une fatigue dont je savais la cause naturelle, du moins m'ingéniai-je à la diminuer, recevant souvent à sa place, ce qui ne m'amusait guère, et parfois rendant les visites, ce qui m'amusait moins encore.

Je n'ai jamais été brillant causeur; la frivolité des salons, leur esprit, est chose à quoi je ne pouvais me plaire; j'en avais pourtant bien fréquenté quelques-uns naguère; mais que ce temps était donc loin! Que s'était-il passé depuis? Je me sentais, auprès des autres, terne, triste, fâcheux, à la fois gênant et gêné. Par une singulière malchance,

vous, que je considérais déjà comme mes seuls
amis véritables, n'étiez pas à Paris et n'y deviez
pas revenir de longtemps. Eussé-je pu mieux vous
parler? M'eussiez-vous peut-être compris mieux
que je ne faisais moi-même? Mais de tout ce qui
grandissait en moi et que je vous dis aujourd'hui,
que savais-je? L'avenir m'apparaissait tout sûr,
et jamais je ne m'en étais cru plus maître.

Et quand bien même j'eusse été plus perspicace, quel recours contre moi-même pouvais-je
trouver en Hubert, Didier, Maurice, en tant
d'autres, que vous connaissez et jugez comme moi.
Je reconnus bien vite, hélas! l'impossibilité de me
faire entendre d'eux. Dès les premières causeries
que nous eûmes, je me vis comme contraint par
eux de jouer un faux personnage, de ressembler
à celui qu'ils croyaient que j'étais resté, sous peine
de paraître feindre; et, pour plus de commodité,
je feignis donc d'avoir les pensées et les goûts
qu'on me prêtait. On ne peut à la fois être sincère
et le paraître.

Je revis un peu plus volontiers les gens de ma
partie, archéologues et philologues, mais ne trouvai, à causer avec eux, guère plus de plaisir et pas
plus d'émotion qu'à feuilleter de bons diction-
naires d'histoire. Tout d'abord, je pus espérer
trouver une compréhension un peu plus directe

155

de la vie chez quelques romanciers et chez quelques
poètes; mais s'ils l'avaient, cette compréhension,
il faut avouer qu'ils ne la montraient guère; il me
parut que la plupart ne vivaient point, se conten-
taient de paraître vivre et, pour un peu, eussent
considéré la vie comme un fâcheux empêchement
d'écrire. Et je ne pouvais pas les en blâmer; et
je n'affirme pas que l'erreur ne vînt pas de moi...
D'ailleurs qu'entendais-je par : vivre? — C'est précisément ce que j'eusse voulu qu'on m'apprît. —
Les uns et les autres causaient habilement des divers
événements de la vie, jamais de ce qui les motive.

Quant aux quelques philosophes, dont le rôle
eût été de me renseigner, je savais depuis longtemps
ce qu'il fallait attendre d'eux; mathématiciens ou
néo-criticistes, ils se tenaient aussi loin que possible de la troublante réalité et ne s'en occupaient
pas plus que l'algébriste de l'existence des quanti-
tés qu'il mesure.

De retour près de Marceline, je ne lui cachais
point l'ennui que ces fréquentations me causaient.

— Ils se ressemblent tous, lui disais-je. Chacun
fait double emploi. Quand je parle à l'un d'eux,
il me semble que je parle à plusieurs.

— Mais, mon ami, répondait Marceline, vous
ne pouvez demander à chacun de différer de tous
les autres.

156

— Plus ils se ressemblent entre eux et plus ils diffèrent de moi.

Et puis je reprenais plus tristement :

— Aucun n'a su être malade. Ils vivent, ont l'air de vivre et de ne pas savoir qu'ils vivent. D'ailleurs, moi-même, depuis que je suis auprès d'eux, je ne vis plus. Entre autres jours, aujourd'hui, qu'ai-je fait ? J'ai dû vous quitter dès neuf heures : à peine, avant de partir, ai-je eu le temps de lire un peu ; c'est le seul bon moment du jour. Votre frère m'attendait chez le notaire, et après le notaire il ne m'a pas lâché ; j'ai dû voir avec lui le tapissier ; il m'a gêné chez l'ébéniste et je ne l'ai laissé que chez Gaston ; j'ai déjeuné dans le quartier avec Philippe, puis j'ai retrouvé Louis qui m'attendait au café : entendu avec lui l'absurde cours de Théodore que j'ai complimenté à la sortie ; pour refuser son invitation du dimanche, j'ai dû l'accompagner chez Arthur ; avec Arthur, été voir une exposition d'aquarelles ; été déposer des cartes chez Albertine et chez Julie. Exténué, je rentre et vous trouve aussi fatiguée que moi-même, ayant vu Adeline, Marthe, Jeanne, Sophie. Et quand le soir, maintenant, je repasse toutes ces occupations du jour, je sens ma journée si vaine et elle me paraît si vide, que je voudrais la ressaisir au vol, la recommencer heure après heure et que je suis triste à pleurer.

Pourtant je n'aurais pas su dire ni ce que j'entendais par *vivre*, ni si le goût que j'avais pris d'une vie plus spacieuse et aérée, moins contrainte et moins soucieuse d'autrui, n'était pas le secret très simple de ma gêne; ce secret me semblait bien plus mystérieux : un secret de <u>ressuscité</u>, pensais je, car je restais un étranger parmi les autres, comme quelqu'un qui revient de chez les morts. Et d'abord je ne ressentis qu'un assez douloureux désarroi; mais bientôt un sentiment très neuf se fit jour. Je n'avais éprouvé nul orgueil, je l'affirme, lors de la publication des travaux qui me valurent tant d'éloges. Était-ce de l'orgueil, à présent? Peut-être; mais du moins aucune nuance de vanité ne s'y mêlait. C'était, pour la première fois, la conscience de ma valeur propre : ce qui me séparait, me distinguait des autres, importait; ce que personne d'autre que moi ne disait ni ne pouvait dire, c'était ce que j'avais à <u>dire</u>.

Mon cours commença tôt après; le sujet m'y <u>portant</u>, je gonflai ma première leçon de toute ma passion nouvelle. A propos de l'extrême civilisation latine, je peignais la culture artistique, montant à fleur de <u>peuple</u>, à la manière d'une sécrétion, qui d'abord indique <u>pléthore</u>, surabondance de santé, puis aussitôt se fige, durcit, s'oppose à

tout parfait contact de l'esprit avec la nature,
cache sous l'apparence persistante de la vie la diminution de la vie, forme g<u>aine</u> où l'esprit gêné lan-
guit et bientôt s'étiole, puis meurt. Enfin, poussant à bout ma pensée, je disais la Culture, née
de la vie, tuant la vie.

Les historiens blâmèrent une tendance, dirent-
ils, aux généralisations trop rapides. D'autres blâmèrent ma méthode; et ceux qui me complimen-
tèrent furent ceux qui m'avaient le moins compris.

Ce fut à la sortie de mon cours que je revis
pour la première fois <u>Ménalque.</u> Je ne l'avais
jamais beaucoup fréquenté, et, peu de temps avant
mon mariage, il était reparti pour une de ces
explorations lointaines qui nous privaient de lui
parfois plus d'une année. Jadis il ne me plaisait
guère; il semblait fier et ne s'intéressait pas à ma
vie. Je fus donc étonné de le voir à ma première
leçon. Son insolence même, qui m'écartait de lui
d'abord, me plut, et le sourire qu'il me fit me parut
plus charmant de ce que je le savais plus <u>rare.</u>
Récemment un absurde, un honteux procès à
scandale avait été pour les journaux une commode
occasion de le salir; ceux que son dédain et sa
supériorité blessaient s'emparèrent de ce prétexte

159

à leur vengeance; et ce qui les irritait le plus, c'est qu'il n'en parût pas affecté.

— Il faut, répondait-il aux insultes, laisser les autres avoir raison, puisque cela les console de n'avoir pas autre chose.

Mais « la bonne société » s'indigna et ceux qui, comme l'on dit, « se respectent » crurent devoir se détourner de lui et lui rendre ainsi son mépris. Ce me fut une raison de plus : attiré vers lui par une secrète influence, je m'approchai et l'embrassai amicalement devant tous.

Voyant avec qui je causais, les derniers importuns se retirèrent; je restai seul avec Ménalque.

Après les irritantes critiques et les ineptes compliments, ses quelques paroles au sujet de mon cours me reposèrent.

— Vous brûlez ce que vous adoriez, dit-il. Cela est bien. Vous vous y prenez tard; mais la flamme est d'autant plus nourrie. Je ne sais encore si je vous entends bien; vous m'intriguez. Je ne cause pas volontiers, mais voudrais causer avec vous. Dînez donc avec moi ce soir.

— Cher Ménalque, lui répondis-je, vous semblez oublier que je suis marié.

— Oui, c'est vrai, reprit-il; à voir la cordiale franchise avec laquelle vous osiez m'aborder, j'avais pu vous croire plus libre.

Je craignis de l'avoir blessé; plus encore de paraître faible, et lui dis que je le rejoindrais après dîner.

A Paris, toujours en passage, Ménalque logeait à l'hôtel; il s'y était, pour ce séjour, fait aménager plusieurs pièces en manière d'appartement; il avait là ses domestiques, mangeait à part, vivait à part, avait étendu sur les murs, sur les meubles dont la banale laideur l'offusquait, quelques étoffes qu'il avait rapportées du Népal et qu'il achevait, disait-il, de salir avant de les offrir à un musée. Ma hâte à le rejoindre avait été si grande que je le surpris encore à table quand j'entrai; et comme je m'excusais de troubler son repas :

— Mais, me dit-il, je n'ai pas l'intention de l'interrompre et compte bien que vous me le laisserez achever. Si vous étiez venu dîner, je vous aurais offert du Chiraz, de ce vin que chantait Hafiz, mais il est trop tard à présent; il faut être à jeun pour le boire; prendrez-vous du moins des liqueurs ?

J'acceptai, pensant qu'il en prendrait aussi; puis, voyant qu'on n'apportait qu'un verre, je m'étonnai :

— Excusez-moi, dit-il, mais je n'en bois presque jamais.

— Craindriez-vous de vous griser?

— Oh! répondit-il, au contraire! Mais je tiens la sobriété pour une plus puissante ivresse; j'y garde ma lucidité.

— Et vous versez à boire aux autres.

Il sourit.

— Je ne peux, dit-il, exiger de chacun mes vertus. C'est déjà beau si je retrouve en eux mes vices.

— Du moins fumez-vous?

— Pas davantage. C'est une ivresse impersonnelle, négative, et de trop facile conquête; je cherche dans l'ivresse une exaltation et non une diminution de la vie. Laissons cela. Savez-vous d'où je viens? De Biskra. Ayant appris que vous veniez d'y passer, j'ai voulu rechercher vos traces. Qu'était-il donc venu faire à Biskra, cet aveugle érudit, ce liseur? Je n'ai coutume d'être discret que pour ce qu'on me confie; pour ce que j'apprends par moi-même, ma curiosité, je l'avoue, est sans bornes. J'ai donc cherché, fouillé, questionné partout où j'ai pu. Mon indiscrétion m'a servi, puisqu'elle m'a donné désir de vous revoir; puisqu'au lieu du savant routinier que je voyais en vous naguère, je sais que je dois voir à présent... c'est à vous de m'expliquer quoi.

Je sentis que je rougissais.

162

— Qu'avez-vous donc appris sur moi, Ménalque?

— Vous voulez le savoir? Mais n'ayez donc pas peur! Vous connaissez assez vos amis et les miens pour savoir que je ne peux parler de vous à personne. Vous avez vu si votre cours était compris!

— Mais, dis-je avec une légère impatience, rien ne me montre encore que je puisse vous parler plus qu'aux autres. Allons! qu'est-ce que vous avez appris sur moi?

— D'abord, que vous aviez été malade.

— Mais cela n'a rien de...

— Oh! c'est déjà très important. Puis on m'a dit que vous sortiez volontiers seul, sans livre (et c'est là que j'ai commencé d'admirer,) ou, lorsque vous n'étiez plus seul, accompagné moins volontiers de votre femme que d'enfants. Ne rougissez donc pas, ou je ne vous dis pas la suite.

— Racontez sans me regarder.

— Un des enfants — il avait nom Moktir s'il m'en souvient — beau comme peu, voleur et pipeur comme aucun, me parut en avoir long à dire; j'attirai, j'achetai sa confiance, ce qui, vous le savez, n'est pas facile, car je crois qu'il mentait encore en disant qu'il ne mentait plus... Ce qu'il m'a raconté de vous, dites-moi donc si c'est véritable.

Ménalque cependant s'était levé et avait sorti d'un tiroir une petite boîte qu'il ouvrit.

— Ces ciseaux étaient-ils à vous? dit-il en me tendant quelque chose d'informe, de rouillé, d'épointé, de faussé; je n'eus pas grand-peine pourtant à reconnaître là les petits ciseaux que m'avait escamotés Moktir.

— Oui; ce sont ceux, c'étaient ceux de ma femme.

—- Il prétend vous les avoir pris pendant que vous tourniez la tête, un jour que vous étiez seul avec lui dans une chambre; mais l'intéressant n'est pas là; il prétend qu'à l'instant qu'il les cachait dans son burnous, il a compris que vous le surveilliez dans une glace et surpris le reflet de votre regard l'épier. Vous aviez vu le vol et vous n'avez rien dit! Moktir s'est montré fort surpris de ce silence... moi aussi.

— Je ne le suis pas moins de ce que vous me dites : comment! il savait donc que je l'avais surpris!

— Là n'est pas l'important; vous jouiez au plus fin; à ce jeu, ces enfants nous rouleront toujours. Vous pensiez le tenir et c'était lui qui vous tenait... Là n'est pas l'important. Expliquez-moi votre silence.

— Je voudrais qu'on me l'expliquât.

Nous restâmes pendant quelque temps sans parler. Ménalque, qui marchait de long en large dans
la pièce, alluma distraitement une cigarette, puis
tout aussitôt la jeta.

— Il y a là, reprit-il, un « sens », comme disent
les autres, un « sens » qui semble vous manquer,
cher Michel.

— Le « sens moral », peut-être, dis-je en m'efforçant de sourire.

— Oh! simplement celui de la propriété.

— Il ne me paraît pas que vous l'ayez beaucoup vous-même.

— Je l'ai si peu qu'ici, voyez, rien n'est à moi;
pas même ou surtout pas le lit où je me couche.
J'ai l'horreur du repos; la possession y encourage
et dans la sécurité l'on s'endort; j'aime assez vivre
pour prétendre vivre éveillé, et maintiens donc,
au sein de mes richesses mêmes, ce sentiment d'état
précaire par quoi j'exaspère, ou du moins j'exalte
ma vie. Je ne peux pas dire que j'aime le danger,
mais j'aime la vie hasardeuse et veux qu'elle exige
de moi, à chaque instant, tout mon courage, tout
mon bonheur et toute ma santé.

— Alors que me reprochez-vous ? interrompis-je.

— Oh! que vous me comprenez mal, cher Michel; pour un coup que je fais la sottise d'essayer

de professer ma foi!... Si je me soucie peu, Michel, de l'approbation ou de la désapprobation des hommes, ce n'est pas pour venir approuver ou désapprouver à mon tour; ces mots n'ont pour moi pas grand sens. J'ai parlé beaucoup trop de moi tout à l'heure; de me croire compris m'entraînait... Je voulais simplement vous dire que pour quelqu'un qui n'a pas le sens de la propriété, vous semblez posséder beaucoup; c'est grave.

— Que possédé-je tant?

— Rien, si vous le prenez sur ce ton... Mais n'ouvrez-vous pas votre cours? N'êtes-vous pas propriétaire en Normandie? Ne venez-vous pas de vous installer, et luxueusement, à Passy? Vous êtes marié. N'attendez-vous pas un enfant?

— Eh bien! dis-je impatienté, cela prouve simplement que j'ai su me faire une vie plus « dangereuse » (comme vous dites) que la vôtre.

— Oui, simplement, redit ironiquement Ménalque; puis, se retournant brusquement, et me tendant la main :

— Allons, adieu; voilà qui suffit pour ce soir, et nous ne dirions rien de mieux. Mais, à bientôt.

Je restai quelque temps sans le revoir.

De nouveaux soins, de nouveaux soucis m'occupèrent; un savant italien me signala des documents nouveaux qu'il mit au jour et que j'étudiai longuement pour mon cours. Sentir ma première leçon mal comprise avait éperonné mon désir d'éclairer différemment et plus puissamment les suivantes; je fus par là porté à poser en doctrine ce que je n'avais fait d'abord que hasarder à titre d'ingénieuse hypothèse. Combien d'affirmateurs doivent leur force à cette chance de n'avoir pas été compris à demi-mot! Pour moi, je ne peux discerner, je l'avoue, la part d'entêtement qui peut-être vint se mêler au besoin d'affirmation naturelle. Ce que j'avais de neuf à dire me parut d'autant plus urgent que j'avais plus de mal à le dire, et surtout à le faire entendre.

Mais combien les phrases, hélas! devenaient pâles près des actes! La vie, le moindre geste de Ménalque n'était-il pas plus éloquent mille fois que mon cours? Ah! que je compris bien, dès lors, que l'enseignement presque tout moral des grands philosophes antiques ait été d'exemple autant et plus encore que de paroles!

Ce fut chez moi que je revis Ménalque, près de trois semaines après notre première rencontre. Ce fut presque à la fin d'une réunion trop nombreuse. Pour éviter un dérangement quotidien, Marceline et moi préférions laisser nos portes grandes ouvertes le jeudi soir ; nous les fermions ainsi plus aisément les autres jours. Chaque jeudi, ceux qui se disaient nos amis venaient donc ; la belle dimension de nos salons nous permettait de les recevoir en grand nombre et la réunion se prolongeait fort avant dans la nuit. Je pense que les attirait surtout l'exquise grâce de Marceline et le plaisir de converser entre eux, car, pour moi, dès la seconde de ces soirées, je ne trouvai plus rien à écouter, rien à dire, et dissimulai mal mon ennui. J'errais du fumoir au salon, de l'antichambre à la bibliothèque, accroché parfois par une phrase, observant peu et regardant comme au hasard.

Antoine, Étienne et Godefroy discutaient le dernier vote de la Chambre, vautrés sur les délicats fauteuils de ma femme. Hubert et Louis maniaient sans précaution et froissaient d'admirables eaux-fortes de la collection de mon père. Dans le fumoir, Mathias, pour écouter mieux Léonard, avait posé son cigare ardent sur une table de bois de rose. Un verre de curaçao s'était répandu sur le tapis. Les pieds boueux d'Albert, impudemment couché sur un divan, salissaient une étoffe. Et la poussière qu'on respirait était faite de l'horrible usure des choses... Il me prit une furieuse envie de pousser tous mes invités par les épaules. Meubles, étoffes, estampes, à la première tache perdaient pour moi toute valeur; choses tachées, choses atteintes de maladie et comme désignées par la mort. J'aurais voulu tout protéger, mettre tout sous clef pour moi seul. Que Ménalque est heureux, pensai-je, qui n'a rien! Moi, c'est parce que je veux conserver que je souffre. Que m'importe au fond tout cela?

Dans un petit salon moins éclairé, séparé par une glace sans tain, Marceline ne recevait que quelques intimes; elle était à demi étendue sur des coussins; elle était affreusement pâle, et me parut si fatiguée que j'en fus effrayé soudain et me promis que cette réception serait la dernière. Il était déjà tard. J'allais regarder l'heure à ma montre quand je sentis dans la poche de mon gilet les petits ciseaux de Moktir.

— Et pourquoi les avait-il volés, celui-là, si c'était aussitôt pour les abîmer, les détruire?

A ce moment, quelqu'un frappa sur mon épaule; je me retournai brusquement : c'était Ménalque.

Il était, presque le seul, en habit. Il venait d'arriver. Il me pria de le présenter à ma femme; je ne l'eusse certes pas fait de moi-même. Ménalque était élégant, presque beau; d'énormes moustaches, tombantes, déjà grises, coupaient son visage de pirate; la flamme froide de son regard indiquait plus de courage et de décision que de

bonté. Il ne fut pas plus tôt devant Marceline que
je compris qu'il ne lui plaisait pas. Après qu'il eut
avec elle échangé quelques banales phrases de poli-
tesse, je l'entraînai dans le fumoir.

J'avais appris le matin même la nouvelle mission dont le ministère des Colonies le chargeait;
divers journaux, rappelant à ce sujet son aven-
tureuse carrière, semblaient oublier leurs basses
insultes de la veille et ne trouvaient pas de termes
assez vifs pour le louer. Ils exagéraient à l'envi les
services rendus au pays, à l'humanité tout entière
par les profitables découvertes de ses dernières
explorations, tout comme s'il n'entreprenait rien
que dans un but humanitaire : et l'on vantait de
lui des traits d'abnégation, de dévouement, de
hardiesse, tout comme s'il devait chercher une
récompense en ces éloges.

Je commençais de le féliciter; il m'interrompit
dès les premiers mots :

— Eh quoi! vous aussi, cher Michel; vous ne
m'aviez pourtant pas d'abord insulté, dit-il. Lais-
sez donc aux journaux ces bêtises. Ils semblent
s'étonner aujourd'hui qu'un homme de mœurs
décriées puisse pourtant avoir encore quelques vertus. Je ne sais faire en moi les distinctions et les
réserves qu'ils prétendent établir, et n'existe qu'en
totalité. Je ne prétends à rien qu'au naturel, et,

170

pour chaque action, le plaisir que j'y prends m'est signe que je devais la faire.

— Cela peut mener loin, lui dis-je.

— J'y compte bien, reprit Ménalque. Ah! si tous ceux qui nous entourent pouvaient se persuader de cela. Mais la plupart d'entre eux pensent n'obtenir d'eux-mêmes rien de bon que par la contrainte; ils ne se plaisent que contrefaits. C'est à soi-même que chacun prétend le moins ressembler. Chacun se propose un patron, puis l'imite; même il ne choisit pas le patron qu'il imite; il accepte un patron tout choisi. Il y a pourtant, je le crois, d'autres choses à lire, dans l'homme. On n'ose pas. On n'ose pas tourner la page. Lois de l'imitation; je les appelle : lois de la peur. On a peur de se trouver seul; et l'on ne se trouve pas du tout. Cette agoraphobie morale m'est odieuse; c'est la pire des lâchetés. Pourtant c'est toujours seul qu'on invente. Mais qui cherche ici d'inventer? Ce que l'on sent en soi de différent, c'est précisément ce que l'on possède de rare, ce qui fait à chacun sa valeur; et c'est là ce que l'on tâche de supprimer. On imite. Et l'on prétend aimer la vie.

Je laissais Ménalque parler; ce qu'il disait, c'était précisément ce que, le mois d'avant, je disais à Marceline; et j'aurais donc dû l'approuver. Pourquoi, par quelle lâcheté l'interrompis-je, et lui dis-je, imitant Marceline, la phrase mot pour mot par laquelle elle m'avait alors interrompu :

— Vous ne pouvez pourtant, cher Ménalque, demander à chacun de différer de tous les autres.

Ménalque se tut brusquement, me regarda d'une façon bizarre, puis comme Eusèbe précisément s'approchait pour prendre congé de moi, il me tourna le dos sans façon et alla s'entretenir avec Hector.

Aussitôt dite, ma phrase m'avait paru stupide; et je me désolai surtout qu'elle pût faire croire à Ménalque que je me sentais attaqué par ses paroles. Il était tard; mes invités partaient. Quand le salon fut presque vide, Ménalque revint à moi :

— Je ne puis vous quitter ainsi, me dit-il. Sans doute j'ai mal compris vos paroles. Laissez-moi du moins l'espérer.

— Non, répondis-je. Vous ne les avez pas mal comprises; mais elles n'avaient aucun sens; et je ne les eus pas plus tôt dites que je souffris de leur sottise, et surtout de sentir qu'elles allaient me ranger à vos yeux précisément parmi ceux dont vous faisiez le procès tout à l'heure, et qui, je vous l'affirme, me sont odieux comme à vous. Je hais tous les gens à principes.

— Ils sont, reprit Ménalque en riant, ce qu'il

y a de plus détestable en ce monde. On ne saurait attendre d'eux aucune espèce de sincérité; car
ils ne font jamais que ce que leurs principes ont
décrété qu'ils devaient faire, ou, sinon, regardent
ce qu'ils font comme mal fait. Au seul soupçon
que vous pouviez être un des leurs, j'ai senti la
parole se glacer sur mes lèvres. Le chagrin qui
m'a pris aussitôt m'a révélé combien mon affection pour vous est vive; j'ai souhaité m'être mépris,
non dans mon affection, mais dans le jugement
que je portais.

— En effet, votre jugement était faux.

— Ah! n'est-ce pas? dit-il en me prenant la
main brusquement. Écoutez; je dois partir bientôt, mais je voudrais vous voir encore. Mon voyage
sera, cette fois, plus long et hasardeux que tous
les autres; je ne sais quand je reviendrai. Je dois
partir dans quinze jours; ici, chacun ignore que
mon départ est si proche; je vous l'annonce secrè-
tement. Je pars dès l'aube. La nuit qui précède
un départ est pour moi chaque fois une nuit d'angoisses affreuses. Prouvez-moi que vous n'êtes pas
homme à principes; puis-je compter que vous voudrez bien passer cette dernière nuit près de moi?

— Mais nous nous reverrons avant, lui dis-je,
un peu surpris.

— Non. Durant ces quinze jours, je n'y serai

plus pour personne, et ne serai même pas à Paris.
Demain je pars pour Budapest; dans six jours je
dois être à Rome. Ici et là sont des amis que je
veux embrasser avant de quitter l'Europe. Un
autre m'attend à Madrid.

— C'est entendu, je passerai cette nuit de veille
avec vous.

— Et nous boirons du vin de Chiraz, dit Ménalque.

Quelques jours après cette soirée, Marceline
commença d'aller moins bien. J'ai déjà dit qu'elle
était souvent fatiguée; mais elle évitait de se
plaindre, et comme j'attribuais à son état cette
fatigue, je la croyais très naturelle et j'évitais de
m'inquiéter. Un vieux médecin assez sot, ou insuf-
fisamment renseigné, nous avait tout d'abord ras-
surés à l'excès. Cependant des troubles nouveaux,
accompagnés de fièvre, me décidèrent à appeler
le docteur Tr. qui passait alors pour le plus avisé
spécialiste. Il s'étonna que je ne l'eusse pas appelé
plus tôt, et prescrivit un régime strict que, depuis
quelque temps déjà, elle eût dû suivre. Par un
très imprudent courage, Marceline s'était jusqu'à
ce jour surmenée; jusqu'à la délivrance, qu'on
attendait vers la fin de janvier, elle devait garder
la chaise longue. Sans doute un peu inquiète et

174

plus dolente qu'elle ne voulait l'avouer, Marceline se plia très doucement aux prescriptions les plus gênantes; une sorte de résignation religieuse rompit la volonté qui la soutenait jusqu'alors, de sorte que son état empira brusquement durant les quelques jours qui suivirent.

Je l'entourai de plus de soins encore et la rassurai de mon mieux, me servant des paroles mêmes de Tr. qui ne voyait en son état rien de bien grave; mais la violence de ses craintes finit par m'alarmer à mon tour. Ah! combien dangereusement déjà notre bonheur se reposait sur l'espérance! et de quel futur incertain! Moi qui d'abord ne trouvais de goût qu'au passé, la subite saveur de l'instant m'a pu griser un jour, pensai-je, mais le futur désenchante l'heure présente, plus encore que le présent ne désenchanta le passé; et depuis notre nuit de Sorrente, déjà tout mon amour, toute ma vie se projettent sur l'avenir.

Cependant, le soir vint que j'avais promis à Ménalque; et malgré mon ennui d'abandonner toute une nuit d'hiver Marceline, je lui fis accepter de mon mieux la solennité du rendez-vous, la gravité de ma promesse. Marceline allait un peu mieux ce soir-là, et pourtant j'étais inquiet; une garde me remplaça près d'elle. Mais, sitôt dans la rue, mon inquiétude prit une force nouvelle;

je la repoussai, luttai contre elle, m'irritant contre moi de ne pas mieux m'en libérer. Je parvins ainsi peu à peu à un état de surtension, d'exaltation singulière, très différente et très proche à la fois de l'inquiétude douloureuse qui l'avait fait naître, mais plus proche encore du bonheur. Il était tard; je marchais à grands pas; la neige commença de tomber abondante; j'étais heureux de respirer enfin un air plus vif, de lutter contre le froid, heureux contre le vent, la nuit, la neige; je savourais mon énergie.

Ménalque, qui m'entendit venir, parut sur le palier de l'escalier. Il m'attendait sans patience. Il était pâle et paraissait un peu crispé. Il me débarrassa de mon manteau, et me força de changer mes bottes mouillées contre de molles pantoufles persanes. Sur un guéridon, près du feu, étaient posées des friandises. Deux lampes éclairaient la pièce, moins que ne le faisait le foyer. Ménalque, dès l'abord, s'informa de la santé de Marceline. Pour simplifier, je répondis qu'elle allait très bien.

— Votre enfant, vous l'attendez bientôt? reprit-il.

— Dans deux mois.

Ménalque s'inclina vers le feu, comme s'il eût voulu cacher son visage. Il se taisait. Il se tut si longtemps que j'en fus à la fin tout gêné, ne sachant non plus que lui dire. Je me levai, fis quelques pas, puis, m'approchant de lui, posai ma main sur son épaule. Alors, comme s'il continuait sa pensée :

— Il faut choisir, murmura-t-il. L'important c'est de savoir ce que l'on veut.

— Eh! ne voulez-vous pas partir? lui demandai-je, incertain du sens que je devais donner à ses paroles.

— Il paraît.

— Hésiteriez-vous donc?

— A quoi bon? Vous qui avez femme et enfant, restez. Des mille formes de la vie, chacun ne peut connaître qu'une. Envier le bonheur d'autrui, c'est folie; on ne saurait pas s'en servir. Le bonheur ne se veut pas tout fait, mais sur mesure. Je pars demain; je sais : j'ai tâché de tailler ce bonheur à ma taille. Gardez le bonheur calme du foyer.

— C'est à ma taille aussi que j'avais taillé mon bonheur, m'écriai-je. Mais j'ai grandi. A présent mon bonheur me serre. Parfois, j'en suis presque étranglé!

— Bah! vous vous y ferez! dit Ménalque; puis il se campa devant moi, plongea son regard dans le mien, et comme je ne trouvais rien à dire, il sourit un peu tristement : — On croit que l'on possède, et l'on est possédé, reprit-il.

— Versez-vous du Chiraz, cher Michel; vous n'en goûterez pas souvent; et mangez de ces pâtes roses que les Persans prennent avec. Pour ce soir je veux boire avec vous, oublier que je pars demain, et causer comme si cette nuit était longue. Savez-vous ce qui fait de la poésie aujourd'hui et de la philosophie surtout, lettres mortes? C'est qu'elles se sont séparées de la vie. La Grèce, elle, idéalisait à même la <u>vie</u>; de sorte que la vie de l'artiste était elle-même déjà une réalisation poétique; la vie du philosophe, une mise en action de sa philosophie; de sorte aussi que, mêlées à la vie, au lieu de s'ignorer, la philosophie alimentant la poésie, la poésie exprimant la philosophie, cela était d'une persuasion <u>admirable</u>. Aujourd'hui la beauté n'agit plus; l'action ne s'inquiète plus d'être belle; et la sagesse opère à part.

— Pourquoi, dis-je, vous qui vivez votre sagesse, n'écrivez-vous pas vos mémoires? — ou simplement, repris-je en le voyant sourire, les souvenirs de vos voyages?

— Parce que je ne veux pas me souvenir, répondit-il. Je croirais, ce faisant, empêcher d'arriver l'avenir et faire empiéter le <u>passé</u>. C'est du parfait oubli d'hier que je crée la nouvelleté de chaque heure. Jamais, d'avoir été heureux, ne me suffit. Je ne crois pas aux choses mortes, et confonds n'être plus, avec n'avoir jamais été.

Je m'irritais enfin de ces paroles, qui précédaient trop ma pensée; j'eusse voulu tirer arrière, l'arrêter; mais je cherchais en vain à contredire, et d'ailleurs m'irritais contre moi-même plus encore que contre Ménalque. Je restai donc silencieux. Lui, tantôt allant et venant à la façon d'un fauve en cage, tantôt se penchant vers le feu, tantôt se taisait longuement, puis tantôt, brusquement, disait :

— Si encore nos médiocres cerveaux savaient bien embaumer les souvenirs! Mais ceux-ci se conservent mal. Les plus délicats se dépouillent; les plus voluptueux pourrissent; les plus délicieux sont les plus dangereux dans la suite. Ce dont on se repent était délicieux d'abord.

De nouveau, long silence; et puis il reprenait :

— Regrets, remords, repentirs, ce sont joies de naguère, vues de dos. Je n'aime pas regarder en arrière, et j'abandonne au loin mon passé, comme l'oiseau, pour s'envoler, quitte son ombre. Ah! Michel, toute joie nous attend toujours, mais veut toujours trouver la couche vide, être la seule, et qu'on arrive à elle comme un veuf. Ah! Michel, toute joie est pareille à cette manne du désert qui se corrompt d'un jour à l'autre ; elle est pareille à l'eau de la source Amélès qui, raconte Platon, ne se pouvait garder dans aucun vase. Que chaque instant emporte tout ce qu'il avait apporté.

Ménalque parla longtemps encore ; je ne puis rapporter ici toutes ses phrases ; beaucoup pourtant se gravèrent en moi, d'autant plus fortement que j'eusse désiré les oublier plus vite ; non qu'elles m'apprissent rien de bien neuf, mais elles mettaient à nu brusquement ma pensée ; une pensée que je couvrais de tant de voiles, que j'avais presque pu l'espérer étouffée. Ainsi s'écoula la veillée.

Quand, au matin, après avoir conduit Ménalque au train qui l'emporta, je m'acheminai seul pour rentrer près de Marceline, je me sentis plein d'une tristesse abominable, de haine contre la joie cynique de Ménalque ; je voulais qu'elle fût factice ; je m'efforçais de la nier. Je m'irritais de n'avoir rien su lui répondre : je m'irritais d'avoir dit quelques mots qui l'eussent fait douter de mon bonheur, de mon amour. Et je me cramponnais à mon douteux bonheur, à mon « calme bonheur », comme disait Ménalque ; je ne pouvais, hélas ! en écarter l'inquiétude, mais prétendais que cette inquiétude servît d'aliment à l'amour. Je me penchais vers l'avenir où déjà je voyais mon petit enfant me sourire ; pour lui se reformait

et se fortifiait ma morale. Décidément je marchais
d'un pas ferme.

Hélas! quand je rentrai, ce matin-là, un désordre
inaccoutumé me frappa dès la première pièce. La
garde vint à ma rencontre et m'apprit, à mots
tempérés, que d'affreuses angoisses avaient saisi
ma femme dans la nuit, puis des douleurs, bien
qu'elle ne se crût pas encore au terme de sa
grossesse; que se sentant très mal, elle avait envoyé
chercher le docteur, que celui-ci, bien qu'arrivé
en hâte dans la nuit, n'avait pas encore quitté la
malade; puis, voyant ma pâleur je pense, elle
voulut me rassurer, me disant que tout allait déjà
bien mieux, que... Je m'élançai vers la chambre
de Marceline.

La chambre était peu éclairée; et d'abord je
ne distinguai que le docteur qui, de la main,
m'imposa silence; puis, dans l'ombre une figure
que je ne connaissais pas. Anxieusement, sans
bruit, je m'approchai du lit. Marceline avait les
yeux fermés; elle était si terriblement pâle que
d'abord je la crus morte; mais, sans ouvrir les
yeux, elle tourna vers moi la tête. Dans un coin
sombre de la pièce, la figure inconnue rangeait,
cachait divers objets; je vis des instruments lui-
sants, de l'ouate; je vis, crus voir, un linge taché
de sang... Je sentis que je chancelais. Je tombai

presque vers le docteur; il me soutint. Je comprenais; j'avais peur de comprendre.

— Le petit? demandai-je anxieusement.

Il eut un triste haussement d'épaules. — Sans plus savoir ce que je faisais, je me jetai contre le lit, en sanglotant. Ah! subit avenir! Le terrain cédait brusquement sous mon pas; devant moi n'était plus qu'un trou vide où je trébuchais tout entier.

Ici tout se confond en un ténébreux souvenir. Pourtant Marceline sembla d'abord assez vite se remettre. Les vacances du début de l'année me laissant un peu de répit, je pus passer près d'elle presque toutes les heures du jour. Près d'elle je lisais, j'écrivais, ou lui faisais doucement la lecture. Je ne sortais jamais sans lui rapporter quelques fleurs. Je me souvenais des tendres soins dont elle m'avait entouré alors que moi j'étais malade, et l'entourais de tant d'amour que parfois elle en souriait, comme heureuse. Pas un mot ne fut échangé, au sujet du triste accident qui meurtrissait nos espérances.

Puis la phlébite se déclara : et quand elle commença de décliner, une embolie, soudain, mit Marceline entre la vie et la mort. C'était la nuit; je me revois penché sur elle, sentant, avec le sien, mon cœur s'arrêter ou revivre. Que de nuits la veillai-je ainsi! le regard obstinément fixé sur elle, espérant, à force d'amour, insinuer un peu de ma vie en la sienne. Et si je ne songeais plus beaucoup au bonheur, ma seule triste joie était de voir parfois sourire Marceline.

Mon cours avait repris. Où trouvai-je la force de préparer mes leçons, de les dire? Mon souvenir se perd et je ne sais comment se succédèrent les semaines. Pourtant un petit fait que je veux vous redire :

C'est un matin, peu de temps après l'embolie; je suis auprès de Marceline; elle semble aller un peu mieux, mais la plus grande immobilité lui est encore prescrite; elle ne doit même pas remuer les bras. Je me penche pour la faire boire, et lorsqu'elle a bu et que je suis encore penché près d'elle, d'une voix que son trouble rend plus faible encore, elle me prie d'ouvrir un coffret que son regard me désigne; il est là, sur la table; je l'ouvre; il est plein de rubans, de chiffons, de petits bijoux sans valeur. Que veut-elle? J'apporte près du lit la boîte; je sors un à un chaque objet. Est-ce ceci? cela?... Non; pas encore; et je la sens qui s'inquiète un peu. — Ah! Marceline! c'est ce petit chapelet que tu veux! Elle s'efforce de sourire.

— Tu crains donc que je ne te soigne pas assez?

— Oh! mon ami! murmure-t-elle. — Et je me

souviens de notre conversation de Biskra, de son craintif reproche en m'entendant repousser ce qu'elle appelle « l'aide de Dieu ». Je reprends un peu rudement :

— J'ai bien guéri tout seul.

— J'ai tant prié pour toi, répond-elle. Elle dit cela tendrement, tristement; je sens dans son regard une anxiété suppliante. Je prends le chapelet et le glisse dans sa main affaiblie qui repose sur le drap, contre elle. Un regard chargé de larmes et d'amour me récompense, mais auquel je ne puis répondre; un instant encore je m'attarde, ne sais que faire, suis gêné; enfin, n'y tenant plus :

— Adieu, lui dis-je; et je quitte la chambre hostile, et comme si l'on m'en avait chassé.

Cependant, l'embolie avait amené des désordres assez graves; l'affreux caillot de sang, que le cœur avait rejeté, fatiguait et congestionnait les poumons, obstruait la respiration, la faisait difficile et sifflante. La maladie était entrée en Marceline, l'habitait désormais, la marquait, la tachait. C'était une chose abîmée.

La saison devenait clémente. Dès que mon cours fut terminé, je transportai Marceline à la Morinière, le docteur affirmant que tout danger pressant était passé et que, pour achever de la remettre, il ne fallait rien tant qu'un air meilleur. J'avais moi-même grand besoin de repos. Ces veilles que j'avais tenu à supporter presque toutes moi-même, cette angoisse prolongée, et surtout cette sorte de sympathie physique qui, lors de l'embolie de Marceline, m'avait fait ressentir en moi les affreux sursauts de son cœur, tout cela m'avait fatigué comme si j'avais moi-même été malade.

J'eusse préféré emmener Marceline dans la montagne; mais elle me montra le désir le plus vif de retourner en Normandie, prétendit que nul climat ne lui serait meilleur, et me rappela que j'avais à revoir ces deux fermes, dont je m'étais un peu témérairement chargé. Elle me persuada que je m'en étais fait responsable, et que je me devais d'y réussir. Nous ne fûmes pas plus tôt arrivés qu'elle me poussa donc de courir sur les terres... Je ne sais si, dans son amicale insistance, beaucoup d'abnégation n'entrait pas; la crainte que, sinon, me croyant retenu près d'elle par les soins qu'il fallait encore lui donner, je ne sentisse pas assez grande ma liberté... Marceline pourtant allait mieux; et du sang recolorait ses joues; et rien ne me reposait plus que de sentir moins triste son sourire; je pouvais la laisser sans crainte.

Je retournai donc sur les fermes. On y faisait les premiers foins. L'air chargé de pollens, de senteurs, m'étourdit tout d'abord comme une boisson capiteuse. Il me sembla que, depuis l'an passé, je n'avais plus respiré, ou respiré que des poussières, tant pénétrait mielleusement en moi l'atmosphère. Du talus où je m'étais assis, comme grisé, je dominais la Morinière; je voyais ses toits bleus, les eaux dormantes de ses douves; autour, des champs fauchés, d'autres pleins d'herbes; plus loin, la courbe du ruisseau; plus loin, les bois où l'automne dernier je me promenais à cheval avec Charles. Des chants que j'entendais depuis quelques instants se rapprochèrent; c'étaient des faneurs qui rentraient, la fourche ou le rateau sur l'épaule. Ces travailleurs, que je reconnus presque tous, me firent fâcheusement souvenir que je n'étais point là en voyageur charmé, mais en maître. Je m'approchai, leur souris, leur parlai, m'enquis de chacun longuement. Déjà Bocage le matin m'avait pu renseigner sur l'état des cultures; par une correspondance régulière, il n'avait d'ailleurs pas cessé de me tenir au courant des moindres incidents des fermes. L'exploitation n'allait pas mal; beaucoup mieux que Bocage ne me le laissait d'abord espérer. Pourtant on m'attendait pour quelques décisions importantes, et, durant quelques jours, je dirigeai tout de mon mieux, sans plaisir, mais raccrochant à ce semblant de travail ma vie défaite.

Dès que Marceline fut assez bien pour recevoir, quelques amis vinrent habiter avec nous. Leur société affectueuse et point bruyante sut plaire à Marceline, mais fit que je quittai d'autant plus volontiers la maison. Je préférais la société des gens de la ferme; il me semblait qu'avec eux je trouverais mieux à apprendre; non point que je les interrogeasse beaucoup; non, et je sais à peine exprimer cette sorte de joie que je ressentais auprès d'eux : il me semblait sentir à travers eux; et tandis que la conversation de nos amis, avant qu'ils commençassent de parler, m'était déjà toute connue, la seule vue de ces gueux me causait un émerveillement continuel.

Si d'abord l'on eût dit qu'ils mettaient à me répondre toute la condescendance que j'évitais de mettre à les interroger, bientôt ils supportèrent mieux ma présence. J'entrais toujours plus en contact avec eux. Non content de les suivre au travail, je voulais les voir à leurs jeux ; leurs obtuses pensées ne m'intéressaient guère, mais j'assistais à leurs repas, j'écoutais leurs plaisanteries, surveillais amoureusement leurs plaisirs. C'était, dans une sorte de sympathie, pareille à celle qui faisait sursauter mon cœur aux sursauts de celui de Marceline, c'était un immédiat écho de chaque sensation étrangère, non point vague, mais précis, aigu. Je sentais en mes bras la courbature du faucheur ; j'étais las de sa lassitude ; la gorgée de cidre qu'il buvait me désaltérait ; je la sentais glisser dans sa gorge ; un jour, en aiguisant sa faux, l'un s'entailla profondément le pouce : je ressentis sa douleur, jusqu'à l'os.

Il me semblait, ainsi, que ma vue ne fût plus seule à m'enseigner le paysage, mais que je le sentisse encore par une sorte d'attouchement qu'illimitait cette bizarre sympathie.

La présence de Bocage me gênait, il me fallait, quand il venait, jouer au maître, et je n'y trouvais plus aucun goût. Je commandais encore, il le fallait, et dirigeais à ma façon les travailleurs; mais je ne montais plus à cheval par crainte de les dominer trop. Mais, malgré les précautions que je prenais pour qu'ils ne souffrissent plus de ma présence et ne se contraignissent plus devant moi, je restais devant eux, comme auparavant, plein de curiosité mauvaise. L'existence de chacun d'eux me demeurait mystérieuse. Il me semblait toujours qu'une partie de leur vie se cachât. Que faisaient-ils, quand je n'étais plus là? Je ne consentais pas qu'ils ne s'amusassent pas plus. Et je prêtais à chacun d'eux un secret que je m'entêtais à désirer connaître. Je rôdais, je suivais, j'épiais. Je m'attachais de préférence aux plus frustes natures, comme si, de leur obscurité, j'attendais, pour m'éclairer, quelque lumière.

Un surtout m'attirait : il était assez beau, grand, point stupide, mais uniquement mené par l'instinct; il ne faisait jamais rien que de subit, et cédait à toute impulsion de passage. Il n'était pas de ce pays; on l'avait embauché par hasard. Excellent travailleur deux jours, il se soûlait à mort le troisième. Une nuit, j'allai furtivement le voir dans la grange; il était vautré dans le foin; il dormait d'un épais sommeil ivre. Que de temps je le regardai!... Un beau jour, il partit comme il était venu.

189

J'eusse voulu savoir sur quelles routes. J'appris le soir même que Bocage l'avait renvoyé. Je fus furieux contre Bocage, le fis venir.

— Il paraît que vous avez renvoyé Pierre, commençai-je. Voulez-vous me dire pourquoi?

Un peu interloqué par ma colère, que pourtant je tempérais de mon mieux :

— Monsieur ne voulait pourtant pas garder chez lui un sale ivrogne, qui débauchait les meilleurs ouvriers.

— Je sais mieux que vous ceux que je désire garder.

— Un galvaudeur! On ne sait même pas d'où qu'il <u>vient</u>. Dans le pays, ça ne faisait pas bon effet. Quand, une nuit, il aurait mis le feu à la grange, Monsieur aurait peut-être été content.

— Mais enfin cela me regarde, et la ferme est à moi, peut-être; j'entends la diriger comme il me plaît. A l'avenir, vous voudrez bien me faire part de vos motifs, avant d'exécuter personne.

Bocage, je l'ai dit, m'avait connu tout enfant; quelque blessant que fût le ton de mes paroles, il m'aimait trop pour beaucoup s'en fâcher. Et même il ne me prit pas suffisamment au sérieux. Le paysan normand demeure trop souvent sans créance pour ce dont il ne pénètre pas le mobile, c'est-à-dire pour ce que ne conduit pas l'<u>intérêt</u>.

190

Bocage considérait simplement comme une lubie cette querelle.

Pourtant je ne voulus pas rompre l'entretien sur un blâme, et, sentant que j'avais été trop vif, je cherchais ce que je pourrais ajouter.

— Votre fils Charles ne doit-il pas bientôt revenir? me décidai-je à demander après un instant de silence.

— Je pensais que Monsieur l'avait oublié, à voir comme il s'inquiétait peu après lui, dit Bocage encore blessé.

— Moi, l'oublier, Bocage! et comment le pourrais-je, après tout ce que nous avons fait ensemble l'an passé? Je compte même beaucoup sur lui pour les fermes.

— Monsieur est bien bon : Charles doit revenir dans huit jours.

— Allons, j'en suis heureux, Bocage; et je le congédiai.

Bocage avait presque raison : je n'avais certes pas oublié Charles, mais je ne me souciais plus de lui que fort peu. Comment expliquer qu'après une camaraderie si fougueuse, je ne sentisse plus à son égard qu'une chagrine incuriosité? C'est que mes occupations et mes goûts n'étaient plus ceux de l'an passé. Mes deux fermes, il me fallait me l'avouer, ne m'intéressaient plus autant que les gens que j'y employais; et pour les fréquenter, la présence de Charles allait être gênante. Il était bien trop raisonnable et se faisait trop respecter. Donc, malgré la vive émotion qu'éveillait en moi son souvenir, je voyais approcher son retour avec crainte.

Il revint. Ah! que j'avais raison de craindre et que Ménalque faisait bien de renier tout souvenir! Je vis entrer, à la place de Charles, un absurde monsieur, coiffé d'un ridicule chapeau melon. Dieu! qu'il était changé! Gêné, contraint, je tâchai pourtant de ne pas répondre avec trop de froideur à la joie qu'il montrait de me revoir; mais même cette joie me déplut; elle était gauche et ne me parut pas sincère. Je l'avais reçu dans le salon, et, comme il était tard, je ne distinguais pas bien son visage; mais, quand on apporta la lampe, je vis avec dégoût qu'il avait laissé pousser ses favoris.

L'entretien, ce soir-là, fut plutôt morne; puis, comme je savais qu'il serait sans cesse sur les fermes, j'évitai, durant près de huit jours, d'y aller, et je me rabattis sur mes études et sur la société de mes hôtes. Puis, sitôt que je recommençai de sortir, je fus requis par une occupation très nouvelle :

Des bûcherons avaient envahi les bois. Chaque année, on en vendait une partie; partagés en douze coupes égales, les bois fournissaient chaque année, avec quelques arbres de haut jet dont on n'espérait plus de croissance, un taillis de douze ans qu'on mettait en fagots.

Ce travail se faisait l'hiver, puis, avant le printemps, selon les clauses de la vente, les bûcherons devaient avoir vidé la coupe. Mais l'incurie du père Heurtevent, le marchand de bois qui dirigeait l'opération, était telle, que, parfois, le printemps entrait dans la coupe encore encombrée; on voyait alors de nouvelles pousses fragiles s'allonger au travers des ramures mortes : et, lorsque enfin les bûcherons faisaient vidange, ce n'était point sans abîmer bien des bourgeons.

Cette année, la négligence du père Heurtevent, l'acheteur, passa nos craintes. En l'absence de toute surenchère, j'avais dû lui laisser la coupe à très bas prix; aussi, sûr d'y trouver toujours son compte, se pressait-il fort peu de débiter un bois qu'il avait payé si peu cher. Et, de semaine en semaine, il différait le travail, prétextant une fois l'absence d'ouvriers, une autre fois le mauvais temps, puis un cheval malade, des prestations, d'autres travaux... que sais-je? Si bien qu'au milieu de l'été rien n'était encore enlevé.

Ce qui, l'an précédent, m'eût irrité au plus haut point, cette année me laissait assez calme; je ne me dissimulais pas le tort que Heurtevent me faisait; mais ces bois ainsi dévastés étaient beaux, et je m'y promenais avec plaisir, épiant, surveillant le gibier, surprenant les vipères, et, parfois, m'asseyant longuement sur un des troncs couchés, qui semblait vivre encore et par ses plaies jetait quelques vertes brindilles.

Puis, tout à coup, vers le milieu de la première quinzaine d'août, Heurtevent se décida à envoyer ses hommes. Ils vinrent six à la fois, prétendant achever tout l'ouvrage en dix jours. La partie des bois exploitée touchait presque à la Valterie; j'acceptai, pour faciliter l'ouvrage des bûcherons, qu'on apportât leur repas de la ferme. Celui qui fut chargé de ce soin était un loustic nommé Bute, que le régiment venait de nous renvoyer tout pourri — j'entends quant à l'esprit, car son corps allait à merveille; c'était un de ceux de mes gens avec qui je causais le plus volontiers. Je pus donc ainsi le revoir sans aller pour cela sur la ferme. Car c'est précisément alors que je recommençai de sortir. Et durant quelques jours, je ne quittai guère les bois, ne rentrant à la Morinière que pour les heures des repas, et souvent me faisant attendre. Je feignais de surveiller le travail, mais en vérité ne voyais que les travailleurs.

Il se joignait parfois, à cette bande de six hommes, deux des fils Heurtevent; l'un âgé de vingt ans,

l'autre de quinze, élancés, <u>cambrés</u>, les traits durs.
Ils semblaient de type étranger, et j'appris plus
tard, en effet, que leur mère était Espagnole. Je
m'étonnai d'abord qu'elle eût pu venir jusqu'ici,
mais Heurtevent, un vagabond fieffé dans sa jeunesse, l'avait, paraît-il, épousée en Espagne. Il
était pour cette raison assez mal vu dans le pays.
La première fois que j'avais rencontré le plus jeune
des fils, c'était, il m'en souvient, sous la pluie; il
était seul, assis sur une charrette au plus haut
d'un entassement de fagots; et là, tout renversé
parmi les branches, il chantait, ou plutôt gueulait,
une espèce de chant bizarre et tel que je n'en
avais jamais ouï dans le pays. Les chevaux qui
traînaient la charrette, connaissant le chemin,
avançaient sans être conduits. Je ne puis dire
l'effet que ce chant produisit sur moi; car je n'en
avais entendu de pareil qu'en Afrique. Le petit,
exalté, paraissait ivre; quand je passai, il ne me
regarda même pas. Le lendemain, j'appris que
c'était un fils de Heurtevent. C'était pour le revoir,
ou du moins pour l'attendre que je m'attardais
ainsi dans la coupe. On acheva bientôt de la vider.
Les garçons Heurtevent n'y vinrent que trois fois.
Ils semblaient fiers, et je ne pus obtenir d'eux une
parole.

Bute, par contre, aimait à raconter; je fis en

sorte que bientôt il comprît ce qu'avec moi l'on pouvait dire; dès lors il ne se gêna guère et déshabilla le pays. Avidement, je me penchai sur son mystère. Tout à la fois il dépassait mon espérance, et ne me satisfaisait pas. Était-ce là ce qui grondait sous l'apparence? ou peut-être n'était-ce encore qu'une nouvelle hypocrisie? N'importe! Et j'interrogeais Bute, comme j'avais fait les informes chroniques des Goths. De ses récits sortait une trouble vapeur d'abîme qui déjà me montait à la tête et qu'inquiètement je humais. Par lui, j'appris d'abord que Heurtevent couchait avec sa fille. Je craignais, si je manifestais le moindre blâme, d'arrêter toute confidence; je souris donc; la curiosité me poussait.

— Et la mère? Elle ne dit rien?

— La mère! voilà douze ans pleins qu'elle est morte... Il la battait.

— Combien sont-ils dans la famille?

— Cinq enfants. Vous avez vu l'aîné des fils et le plus jeune. Il y en a encore un de seize ans, qui n'est pas fort, et qui veut se faire curé. Et puis la fille aînée a déjà deux enfants du père...

Et j'appris peu à peu bien d'autres choses, qui faisaient de la maison Heurtevent un lieu brûlant, à l'odeur forte, autour duquel, malgré que j'en eusse, mon imagination, comme une mouche à

viande, tournoyait : — Un soir, le fils aîné tenta
de violer une jeune servante; et comme elle se
débattait, le père intervenant aida son fils, et de
ses mains énormes la contint; cependant que le
second fils, à l'étage au-dessus, continuait tendrement ses prières, et que le cadet, témoin du drame,
s'amusait. Pour ce qui est du viol, je me figure
qu'il n'avait pas été bien difficile, car Bute racon-
tait encore que, peu de temps après, la servante,
y ayant pris goût, avait tenté de débaucher le
petit prêtre.

— Et l'essai n'a pas réussi? demandai-je.

— Il tient encore, mais plus bien <u>dru</u>, répondit
Bute.

— N'as-tu pas dit qu'il y avait une autre fille?

— Qui en prend bien tant qu'elle en <u>trouve</u>;
et encore sans demander rien. Quand ça la tient,
c'est elle qui paierait plutôt. Par exemple, fau-
drait pas coucher chez le père; il <u>cognerait.</u> Il dit
comme ça qu'en famille on a le droit de faire ce
qui vous plaît, mais que ça ne regarde pas les
autres. Pierre, le gars de la ferme que vous avez
fait renvoyer, ne s'en est pas vanté, mais, une nuit,
il n'en est pas sorti sans un trou dans la <u>tête.</u>
Depuis ce temps-là, c'est dans le bois du château
qu'on travaille.

Alors, et l'encourageant du regard :

— Tu en as essayé? demandai-je.

Il baissa les yeux pour la forme et dit en rigolant :

— Quelquefois. Puis, relevant vite les yeux :

— Le petit au père Bocage aussi.

— Quel petit au père Bocage?

— Alcide, celui qui couche sur la ferme. Monsieur ne le connaît donc pas?

J'étais absolument stupéfait d'apprendre que Bocage avait un autre fils.

— C'est vrai, continua Bute, que, l'an passé, il était encore chez son oncle. Mais c'est bien étonnant que Monsieur ne l'ait pas déjà rencontré dans les bois; presque tous les soirs il braconne.

Bute avait dit ces derniers mots plus bas. Il me regarda bien et je compris qu'il était urgent de sourire. Alors Bute, satisfait, continua :

— Monsieur sait parbleu bien qu'on le <u>braconne</u>. Bah! les bois sont si grands que ça n'y fait pas bien du <u>tort</u>.

Je m'en montrai si peu mécontent que, bien vite, Bute, enhardi, et, je pense aujourd'hui, heureux de desservir un peu Bocage, me montra, dans tel creux, des collets tendus par Alcide, puis m'enseigna tel endroit de la haie où je pouvais être à peu près sûr de le surprendre. C'était, sur le haut d'un talus, un étroit pertuis dans la haie qui for-

mait lisière, et par lequel Alcide avait accoutumé
de se glisser vers six heures. Là, Bute et moi, fort
amusés, nous tendîmes un fil de cuivre, très joli-
ment dissimulé. Puis, m'ayant fait jurer que je ne
le dénoncerais pas, Bute partit, ne voulant pas se
compromettre. Je me couchai contre le revers du
talus; j'attendis.

Et trois soirs j'attendis en vain. Je commençais
à croire que Bute m'avait joué. Le quatrième soir,
enfin, j'entends un très léger pas approcher. Mon
cœur bat et j'apprends soudain l'affreuse volupté
de celui qui braconne. Le collet est si bien posé
qu'Alcide y vient donner tout droit. Je le vois
brusquement s'étaler, la cheville prise. Il veut se
sauver, retombe, et se débat comme un gibier.
Mais déjà je le tiens. C'est un méchant galopin,
à l'œil vert, aux cheveux filasse, à l'expression
chafouine. Il me lance des coups de pied; puis,
immobilisé, tâche de mordre, et comme il n'y peut
parvenir commence à me jeter au nez les plus
extraordinaires injures que j'aie jusqu'alors enten-
dues. A la fin, je n'y puis plus tenir; j'éclate de
rire. Alors lui s'arrête soudain, me regarde, et,
d'un ton plus bas :

— Espèce de brutal, vous m'avez estropié.

— Fais voir.

Il fait glisser son bas sur ses galoches et montre

199

sa cheville où l'on distingue à peine une légère trace un peu rose. — Ce n'est rien. — Il sourit un peu, puis, sournoisement :

— J'm'en vas le dire à mon père, que c'est vous qui tendez les collets.

— Parbleu! c'est un des tiens.

— Ben sûr que c'est pas vous qui l'avez posé, c'ti là.

— Pourquoi donc pas?

— Vous n'sauriez pas si bien. Montrez-moi voir comment que vous faites.

— Apprends-moi.

Ce soir, je ne rentrai que bien tard pour le dîner, et comme on ne savait où j'étais, Marceline était inquiète. Je ne lui racontai pourtant pas que j'avais posé six collets et que, loin de gronder Alcide, je lui avais donné dix sous.

Le lendemain, allant relever ces collets avec lui, j'eus l'amusement de trouver deux lapins pris aux pièges; naturellement je les lui laissai. La chasse n'était pas encore ouverte. Que devenait donc ce gibier, qu'on ne pouvait montrer sans se commettre? C'est ce qu'Alcide se refusait à m'avouer. Enfin j'appris, par Bute encore, que Heurtevent était un maître recéleur, et qu'entre Alcide et lui le plus jeune des fils commissionnait. Allais-je donc ainsi pénétrer plus avant dans cette

200

famille farouche? Avec quelle passion je bracon-
nais!

Je retrouvais Alcide chaque soir; nous prîmes
des lapins en grand nombre, et même une fois un
chevreuil : il vivait faiblement encore. Je ne me
souviens pas sans horreur de la joie qu'eut Alcide
à le tuer. Nous mîmes le chevreuil en lieu sûr, où
le fils Heurtevent put venir le chercher dans la
nuit.

Dès lors je ne sortis plus si volontiers le jour,
où les bois vidés m'offraient moins d'attraits. Je
tâchai même de travailler; triste travail sans but
— car j'avais dès la fin de mon cours refusé de
continuer ma suppléance — travail ingrat, et dont
me distrayait soudain le moindre chant, le moindre
bruit dans la campagne; tout cri me devenait
appel. Que de fois ai-je ainsi bondi de ma lecture
à ma fenêtre, pour ne voir rien du tout passer!
Que de fois, sortant brusquement... La seule attention dont je fusse capable, c'était celle de tous
mes sens.

Mais quand la nuit tombait, — et la nuit, à
présent déjà, tombait vite — c'était notre heure,
dont je ne soupçonnais pas jusqu'alors la beauté;
et je sortais comme entrent les voleurs. Je m'étais
fait des yeux d'oiseau de nuit. J'admirais l'herbe
plus mouvante et plus haute, les arbres épaissis.

La nuit creusait tout, éloignait, faisait le sol distant et toute surface profonde. Le plus uni sentier paraissait dangereux. On sentait s'éveiller partout ce qui vivait d'une existence ténébreuse.

— Où ton père te croit-il à présent?

— A garder les bêtes, à l'étable.

Alcide couchait là, je le savais, tout près des pigeons et des poules; comme on l'y enfermait le soir, il sortait par un trou du toit; il gardait dans ses vêtements une chaude odeur de poulaille.

Puis brusquement, et sitôt le gibier récolté, il fonçait dans la nuit comme dans une trappe, sans un geste d'adieu, sans même me dire à demain. Je savais qu'avant de rentrer dans la ferme où les chiens, pour lui, se taisaient, il retrouvait le petit Heurtevent et lui remettait sa provende. Mais où? C'est ce que mon désir ne pouvait arriver à surprendre : menaces, ruses échouèrent; les Heurtevent ne se laissaient pas approcher. Et je ne sais où triomphait le plus ma folie : poursuivre un médiocre mystère qui reculait toujours devant moi? peut-être même inventer le mystère, à force de curiosité? — Mais que faisait Alcide en me quittant? Couchait-il vraiment à la ferme? ou seulement le faisait-il croire au fermier? Ah! j'avais beau me compromettre, je n'arrivais à rien qu'à diminuer encore son respect, sans augmenter sa confiance; et cela m'enrageait et me désolait à la fois.

Lui disparu, soudain, je restais affreusement seul; et je rentrais à travers champs, dans l'herbe lourde de rosée, ivre de nuit, de vie sauvage et d'anarchie, trempé, boueux, couvert de feuilles. De loin, dans la Morinière endormie, semblait me guider, comme un paisible phare, la lampe de ma chambre d'étude où me croyait enfermé Marceline, ou de la chambre de Marceline à qui j'avais persuadé que, sans sortir ainsi la nuit, je n'aurais pas pu m'endormir. C'était vrai : je prenais en horreur mon lit, et j'eusse préféré la grange.

Le gibier abondait cette année. Lapins, lièvres, faisans, se succédèrent. Voyant tout marcher à souhait, Bute, au bout de trois soirs, prit le goût de se joindre à nous.

Le sixième soir de braconnage, nous ne retrouvâmes plus que deux collets sur douze; une rafle avait été faite pendant le jour. Bute me demanda cent sous pour racheter du fil de cuivre, le fil de fer ne valant rien.

Le lendemain, j'eus le plaisir de voir mes dix collets chez Bocage, et je dus approuver son zèle. Le plus fort, c'est que, l'an passé, j'avais inconsidérément promis dix sous pour chaque collet saisi;

j'en dus donc donner cent à Bocage. Cependant, avec ses cent sous, Bute rachète du fil de cuivre. Quatre jours après, même histoire; dix nouveaux collets sont saisis. C'est de nouveau cent sous à Bute; de nouveau cent sous à Bocage. Et comme je le félicite :

— Ce n'est pas moi, dit-il, qu'il faut féliciter. C'est Alcide.

— Bah! — Trop d'étonnement peut nous perdre : je me contiens.

— Oui, continue Bocage; que voulez-vous, Monsieur, je me fais vieux, et suis trop requis par la ferme. Le petit court les bois pour moi; il les connaît; il est malin, et il sait mieux que moi où chercher et trouver les pièges.

— Je le crois sans effort, Bocage.

— Alors, sur les dix sous que Monsieur donne, je lui laisse cinq sous par piège.

— Certainement il les mérite. Parbleu! Vingt collets en cinq jours! Il a bien travaillé. Les braconniers n'ont qu'à bien se tenir. Ils vont se reposer, je parie.

— Oh! Monsieur, tant plus qu'on en prend, tant plus qu'on en trouve. Le gibier se vend cher cette année, et pour quelques sous que ça leur coûte...

Je suis si bien joué que pour un peu je croirais

Bocage de mèche. Et ce qui me dépite en cette
affaire, ce n'est pas le triple commerce d'Alcide,
c'est de le voir ainsi me tromper. Et puis que font-
ils de l'argent, Bute et lui? Je ne sais rien; je ne
saurai jamais rien de tels êtres. Ils mentiront toujours, me tromperont pour me tromper. Ce soir
ce n'est pas cent sous, c'est dix francs que je donne
à Bute : je l'avertis que c'est pour la dernière fois
et que si les collets sont repris, c'est tant pis.

Le lendemain, je vois venir Bocage; il semble
très gêné; je le deviens aussitôt plus que <u>lui.</u> Que
s'est-il donc passé? Et Bocage m'apprend que Bute
n'est rentré qu'au petit matin sur la ferme; Bute
est soûl comme un Polonais; aux premiers mots
que lui a dits Bocage, Bute l'a salement insulté,
puis s'est jeté sur lui, l'a frappé.

— Enfin, me dit Bocage, je venais savoir si Monsieur m'autorise (il reste un instant sur le mot)
m'autorise à le renvoyer.

— Je vais y réfléchir, Bocage. Je suis très désolé
qu'il vous ait manqué de respect. Je vois. Laissez-
moi seul y réfléchir; et revenez ici dans deux
heures. — Bocage sort.

Garder Bute, c'est manquer péniblement à <u>Bo-</u>
<u>cage</u>, chasser Bute, c'est le pousser à se venger.
Tant pis; advienne que pourra; aussi bien suis-je
le seul coupable. Et dès que Bocage revient :

— Vous pouvez dire à Bute qu'on ne veut plus le voir ici.

Puis j'attends. Que fait Bocage? Que dit Bute? — Et le soir seulement j'ai quelques échos du scandale. Bute a parlé. Je le comprends d'abord par les cris que j'entends chez Bocage; c'est le petit Alcide qu'on bat. Bocage va venir; il vient; j'entends son vieux pas approcher et mon cœur bat plus fort encore qu'il ne battait pour le gibier. L'insupportable instant! Tous les grands sentiments seront de <u>mise</u>; je vais être forcé de le prendre au sérieux. Quelles explications inventer? Comme je vais jouer mal! Ah! je voudrais rendre mon rôle... Bocage entre. Je ne comprends strictement rien à ce qu'il dit. C'est absurde : je dois le faire recommencer. A la fin je distingue ceci : Il croit que Bute est seul coupable; l'incroyable vérité lui échappe; que j'aie donné dix francs à Bute, et pour quoi faire? il est trop Normand pour l'admettre. Les dix francs, Bute les a volés, c'est sûr; en prétendant que je les ai donnés, il ajoute au vol le mensonge; histoire d'abriter son vol; ce n'est pas à Bocage qu'on en fait accroire. Du braconnage il n'en est plus question. Si Bocage battait Alcide, c'est parce que le petit découchait.

Allons! je suis sauvé; devant Bocage au moins tout va bien. Quel imbécile que ce Bute! Certes, ce soir je n'ai pas grand désir de braconner.

Je croyais déjà tout fini, mais, une heure après, voici Charles. Il n'a pas l'air de plaisanter; de loin déjà il paraît plus rasant encore que son père. Dire que l'an passé...

— Eh bien! Charles, voilà longtemps qu'on ne t'a vu.

— Si Monsieur tenait à me voir, il n'avait qu'à venir sur la ferme. Ce n'est parbleu ni des bois ni de la nuit que j'ai affaire.

— Ah! ton père t'a raconté...

— Mon père ne m'a rien raconté parce que mon père ne sait rien. Qu'a-t-il besoin d'apprendre, à son âge, que son maître se fiche de lui?

— Attention, Charles! tu vas trop loin...

— Oh! parbleu, vous êtes le maître! et vous faites ce qui vous plaît.

— Charles, tu sais parfaitement que je ne me suis moqué de personne, et si je fais ce qui me plaît c'est que cela ne nuit qu'à moi.

Il eut un léger haussement d'épaules.

— Comment voulez-vous qu'on défende vos intérêts, quand vous les attaquez vous-même? Vous ne pouvez protéger à la fois le garde et le braconnier.

— Pourquoi?

— Parce qu'alors... ah! tenez, Monsieur, tout cela, c'est trop malin pour moi, et simplement cela ne me plaît pas de voir mon maître faire bande avec ceux qu'on arrête, et défaire avec eux le travail qu'on a fait pour lui.

Et Charles dit cela d'une voix de plus en plus assurée. Il se tient presque noblement. Je remarque qu'il a fait couper ses favoris. Ce qu'il dit est d'ailleurs assez juste. Et comme je me tais (que lui dirais-je?) il continue :

— Qu'on ait des devoirs envers ce qu'on possède, Monsieur me l'enseignait l'an dernier, mais semble l'avoir oublié. Il faut prendre ces devoirs au sérieux et renoncer à jouer <u>avec...</u> ou alors c'est qu'on ne méritait pas de posséder.

Un silence.

— C'est tout ce que tu avais à dire?

— Pour ce soir, oui, Monsieur; mais un autre soir, si Monsieur m'y pousse, peut-être viendrai-je dire à Monsieur que mon père et moi quittons la Morinière.

Et il sort en me saluant très bas. A peine si je prends le temps de <u>réfléchir</u> :

— Charles! — Il a parbleu raison... Oh! Oh! Mais si c'est là ce qu'on appelle posséder!... Charles. Et je cours après lui; je le rattrape dans

la nuit, et, très vite, comme pour assurer ma décision subite :

— Tu peux annoncer à ton père que je mets
la Morinière en vente.

Charles salue gravement et s'éloigne sans dire
un mot.

Tout cela est absurde! absurde!

Marceline ce soir ne peut descendre pour dîner
et me fait <u>dire</u> qu'elle est souffrante. Je monte en
hâte et plein d'anxiété dans sa chambre. Elle me
rassure aussitôt. « Ce n'est qu'un rhume », espère-
t-elle. Elle a pris froid.

— Tu ne pouvais donc pas te couvrir?

— Pourtant, dès le premier frisson, j'ai mis mon
châle.

— Ce n'est pas après le frisson qu'il fallait le
mettre, c'est avant.

Elle me regarde, essaye de sourire. Ah! peut-
être une journée si mal commencée me dispose-
t-elle à l'angoisse; elle m'aurait dit à haute voix :
« Tiens-tu donc tant à ce que je vive? » je ne
l'aurais pas mieux entendue. Décidément tout se
défait autour de moi; de tout ce que ma main saisit,
ma main ne sait rien <u>retenir</u>. Je m'élance vers Marceline et couvre de baisers ses tempes pâles. Alors
elle ne se retient plus et sanglote sur mon épaule.

— Oh! Marceline! Marceline! partons d'ici. Ailleurs je t'aimerai comme je t'aimais à Sorrente. Tu m'as cru changé, n'est-ce pas? Mais ailleurs, tu sentiras bien que rien n'a changé notre amour.

Et je ne guéris pas encore sa tristesse, mais déjà, comme elle se raccroche à l'espoir!

La saison n'était pas avancée, mais il faisait humide et froid, et déjà les derniers boutons des rosiers pourrissaient sans pouvoir éclore. Nos invités nous avaient quittés depuis longtemps. Marceline n'était pas si souffrante qu'elle ne pût s'occuper de fermer la maison, et cinq jours après nous partîmes.

TROISIÈME PARTIE

Je tâchai donc, et encore une fois, de refermer ma main sur mon amour. Mais qu'avais-je besoin de tranquille bonheur? Celui que me donnait et que représentait pour moi Marceline, était comme un repos pour qui ne se sent pas fatigué. Mais comme je sentais qu'elle était lasse et qu'elle avait besoin de mon amour, je l'en enveloppai et feignis que ce fût par le besoin que j'en avais moi-même. Je sentais intolérablement sa souffrance; c'était pour l'en guérir que je l'aimais.

Ah! soins passionnés, tendres veilles! Comme d'autres exaspèrent leur foi en en exagérant les pratiques, ainsi développai-je mon amour. Et Marceline se reprenait, vous dis-je, aussitôt à l'espoir. En elle il y avait encore tant de jeunesse; en moi tant de promesses, croyait-elle. Nous nous enfuîmes de Paris comme pour de nouvelles noces. Mais, dès le premier jour du voyage, elle commença

211

d'aller beaucoup plus mal; dès Neuchâtel il nous fallut nous arrêter.

Combien j'aimai ce lac aux rives glauques! sans rien d'alpestre, et dont les eaux, comme celles d'un marécage, longtemps se mêlent à la terre, et filtrent entre les roseaux. Je pus trouver pour Marceline, dans un hôtel très confortable, une chambre ayant vue sur le lac; je ne la quittai pas de tout le jour.

Elle allait si peu bien que dès le lendemain je fis venir un docteur de Lausanne. Il s'inquiéta, bien inutilement, de savoir si déjà, dans la famille de ma femme, je connaissais d'autres cas de tuberculose. Je répondis que oui; pourtant je n'en connaissais pas; mais il me déplaisait de dire que moi-même j'avais été presque condamné pour cela, et qu'avant de m'avoir soigné, Marceline n'avait jamais été malade. Et je rejetai tout sur l'embolie, bien que le médecin n'y voulût voir rien qu'une cause occasionnelle et m'affirmât que le mal datait de plus loin. Il nous conseilla vivement le grand air des hautes Alpes, où Marceline, affirmait-il, guérirait; et comme précisément mon désir était de passer tout l'hiver en Engadine, sitôt que Marceline fut assez bien pour pouvoir supporter le voyage, nous repartîmes.

Je me souviens comme d'événements de chaque

sensation de la route. Le temps était limpide et froid; nous avions emporté les plus chaudes fourrures. A Coire, le vacarme incessant de l'hôtel nous empêcha presque complètement de dormir. J'aurais pris gaîment mon parti d'une nuit blanche dont je ne me serais pas senti fatigué; mais Marceline... Et je ne m'irritai point tant contre ce bruit que de ce qu'elle n'eût su trouver, et malgré ce bruit, le sommeil. Elle en eût eu si grand besoin! Le lendemain, nous partîmes dès avant l'aube; nous avions retenu les places du coupé dans la diligence de Coire; les relais bien organisés permettent de gagner Saint-Moritz en un jour.

Tiefenkasten, le Julier, Samaden... je me souviens de tout, heure par heure; de la qualité très nouvelle et de l'inclémence de l'air; du son des grelots des chevaux; de ma faim; de la halte à midi devant l'auberge; de l'œuf cru que je crevai dans la soupe, du pain bis et de la froideur du vin aigre. Ces mets grossiers convenaient mal à Marceline; elle ne put manger à peu près rien que quelques biscuits secs qu'heureusement j'avais eu soin de prendre pour la route. Je revois la tombée du jour, la rapide ascension de l'ombre contre les pentes des forêts; puis une halte encore. L'air devient toujours plus vif et plus cru. Quand la diligence s'arrête, on plonge jusqu'au cœur de la nuit et dans le silence limpide; limpide... il n'y a pas d'autre mot. Le moindre bruit prend sur cette transparence étrange sa qualité parfaite et sa pleine sonorité. On repart dans la nuit. Marceline tousse... Oh! n'arrêtera-t-elle pas de tousser? Je resonge à la diligence de Sousse. Il me semble que je toussais mieux que cela. Elle fait trop d'efforts... Comme elle paraît faible et changée; dans l'ombre, ainsi, je la reconnaîtrais à peine. Que ses traits sont tirés! Est-ce que l'on voyait ainsi les deux trous noirs de ses narines? — Elle tousse affreusement. C'est le plus clair résultat de ses soins. J'ai horreur de la sympathie; toutes les contagions s'y cachent; on ne devrait sympathiser qu'avec les forts. — Oh! vraiment elle n'en peut plus! N'arriverons-nous pas bientôt?... Que fait-elle?... Elle prend son mouchoir; le porte à ses lèvres; se détourne... Horreur! est-ce qu'elle aussi va cracher le sang? — Brutalement j'arrache le mouchoir de ses mains. Dans la demi-clarté de la lanterne, je regarde... Rien. Mais j'ai trop montré mon angoisse; Marceline tristement s'efforce de sourire et murmure :

— Non, pas encore.

Enfin nous arrivons. Il n'est que temps; elle se tient à peine. Les chambres qu'on nous a préparées ne me satisfont pas; nous y passerons la nuit, puis demain nous changerons. Rien ne me paraît

assez beau ni trop cher. Et comme la saison d'hiver
n'est pas encore commencée, l'immense hôtel se
trouve à peu près vide; je peux choisir. Je prends
deux chambres spacieuses, claires et simplement
meublées; un grand salon y attenant, se termi-
nant en large bow-window d'où l'on peut voir et
le hideux lac bleu, et je ne sais quel mont brutal,
aux pentes trop boisées ou trop nues. C'est là
qu'on nous servira nos repas. L'appartement est
hors de prix, mais que m'importe! Je n'ai plus
mon cours, il est vrai, mais fais vendre la Morinière. Et puis nous verrons bien. D'ailleurs, qu'ai-je
besoin d'argent? Qu'ai-je besoin de tout cela? Je
suis devenu fort, à présent. Je pense qu'un complet
changement de fortune doit éduquer autant qu'un
complet changement de santé. Marceline, elle, a
besoin de luxe; elle est faible. Ah! pour elle je
veux dépenser tant et tant que... Et je prenais tout
à la fois l'horreur et le goût de ce luxe. J'y lavais,
j'y baignais ma sensualité, puis la souhaitais vagabonde.

Cependant Marceline allait mieux, et mes soins
constants triomphaient. Comme elle avait peine à
manger, je commandais, pour stimuler son appétit, des mets délicats, séduisants; nous buvions les
vins les meilleurs. Je me persuadais qu'elle y prenait goût, tant m'amusaient ces crus étrangers que

nous expérimentions chaque jour. Ce furent d'âpres
vins du Rhin; des Tokay presque sirupeux qui
m'emplirent de leur vertu capiteuse. Je me souviens d'un bizarre Barba-Grisca, dont il ne restait
plus qu'une bouteille, de sorte que je ne pus savoir
si le goût saugrenu qu'il avait se serait retrouvé
dans les autres.

Chaque jour nous sortions en voiture; puis en
traîneau, lorsque la neige fut tombée, enveloppés
jusqu'au cou de fourrures. Je rentrais le visage en
feu, plein d'appétit, puis de sommeil. Cependant
je ne renonçais pas à tout travail et trouvais chaque
jour plus d'une heure où méditer sur ce que je
sentais devoir dire. D'histoire il n'était plus question; depuis longtemps déjà, mes études histo-
riques ne m'intéressaient plus que comme un moyen
d'investigation psychologique. J'ai dit comment
j'avais pu m'éprendre à nouveau du passé, quand
j'y avais cru voir de troubles ressemblances; j'avais
osé prétendre, à force de presser les morts, obtenir d'eux quelque secrète indication sur la vie.
A présent le jeune Athalaric lui-même pouvait,
pour me parler, se lever de sa tombe; je n'écoutais
plus le passé. Et comment une antique réponse
eût-elle satisfait à ma nouvelle question : Qu'est-ce
que l'homme peut encore? Voilà ce qu'il m'importait de savoir. Ce que l'homme a dit jusqu'ici, est-ce

tout ce qu'il pouvait dire? N'a-t-il rien ignoré de lui? Ne lui reste-t-il qu'à redire?... Et chaque jour croissait en moi le confus sentiment de richesses intactes, que couvraient, cachaient, étouffaient les cultures, les décences, les morales.

Il me semblait alors que j'étais né pour une sorte inconnue de trouvailles, et je me passionnais étrangement dans ma recherche ténébreuse, pour laquelle je sais que le chercheur devait abjurer et repousser de lui culture, décence et morale.

J'en venais à ne goûter plus en autrui que les manifestations les plus sauvages, à déplorer qu'une contrainte quelconque les réprimât. Pour un peu je n'eusse vu dans l'honnêteté que restrictions, conventions ou peur. Il m'aurait plu de la chérir comme une difficulté rare; nos mœurs en avaient fait la forme mutuelle et banale d'un contrat. En Suisse, elle fait partie du confort. Je comprenais que Marceline en eût besoin, mais ne lui cachais pourtant pas le cours nouveau de mes pensées. A Neuchâtel déjà, comme elle louangeait cette honnêteté qui transpire là-bas des murs et des visages :

— La mienne me suffit amplement, repartis-je; j'ai les honnêtes gens en horreur. Si je n'ai rien à craindre d'eux, je n'ai non plus rien à apprendre. Et eux n'ont d'ailleurs rien à dire... Honnête peuple suisse! Se porter bien ne lui vaut rien. Sans

217

crimes, sans histoire, sans littérature, sans arts, c'est un robuste rosier, sans épines ni fleurs.

Et que ce pays honnête m'ennuyât, c'est ce que je savais d'avance, mais au bout de deux mois, cet ennui devenant une sorte de rage, je ne songeai plus qu'à partir.

Nous étions à la mi-janvier. Marceline allait mieux, beaucoup mieux : la petite fièvre continue qui lentement la minait s'était éteinte; un sang plus frais recolorait ses joues; elle marchait de nouveau volontiers, quoique peu; n'était plus comme avant constamment lasse. Je n'eus pas trop grand-peine à la persuader que tout le bénéfice de cet air tonique était acquis, que rien ne lui serait meilleur à présent que de descendre en Italie, où la tiède faveur du printemps achèverait de la guérir — et surtout je n'eus pas grand-peine à m'en persuader moi-même, tant j'étais las de ces hauteurs.

Et pourtant, à présent que, dans mon désœuvrement, le passé détesté reprend sa force, entre tous, ces souvenirs m'obsèdent. Courses rapides en traîneau, cinglement joyeux de l'air sec, éclaboussement de la neige, appétit; marche incertaine dans le brouillard, sonorités bizarres des voix, brusque apparition des objets; lectures dans le salon bien calfeutré, paysage à travers la vitre, paysage glacé; tragique attente de la neige; disparition du monde

extérieur, voluptueux blottissement des pensées...
O patiner encore avec elle, là-bas, seuls, sur ce
petit lac pur, entouré de mélèzes, perdu; puis
rentrer avec elle, le soir...

La descente en Italie eut pour moi tous les
vertiges d'une chute. Il faisait beau. A mesure que
nous enfoncions dans l'air plus tiède et plus dense,
les arbres rigides des sommets, mélèzes et sapins
réguliers, faisaient place à une végétation riche de
molle grâce et d'aisance. Il me semblait quitter
l'abstraction pour la vie, et, bien que nous fussions
en hiver, j'imaginais partout des parfums. Ah!
depuis trop longtemps nous n'avions plus ri qu'à
des ombres! Ma privation me grisait, et c'est de
soif que j'étais ivre, comme d'autres sont ivres de
vin. L'épargne de ma vie était admirable; au seuil
de cette terre tolérante et prometteuse, tous mes
appétits éclataient. Une énorme réserve d'amour
me gonflait; parfois elle affluait du fond de ma chair
vers ma tête et dévergondait mes pensées.
Cette illusion de printemps dura peu. Le brusque
changement d'altitude m'avait pu tromper un instant, mais, dès que nous eûmes quitté les rives
abritées des lacs, Bellagio, Côme où nous nous
attardâmes quelques jours, nous trouvâmes l'hiver
et la pluie. Le froid que nous supportions bien en

Engadine, non plus sec et léger comme sur les
hauteurs, mais humide à présent et maussade,
commença de nous faire souffrir. Marceline se
remit à tousser. Alors, pour fuir le froid, nous
descendîmes plus au Sud : nous quittâmes Milan
pour Florence, Florence pour Rome, Rome pour
Naples qui, sous la pluie d'hiver, est bien la plus
lugubre ville que je connaisse. Je traînais un ennui
sans nom. Nous revînmes à Rome, chercher, à
défaut de chaleur, un semblant de confort. Sur le
Monte Pincio nous louâmes un appartement trop
vaste, mais admirablement situé. A Florence déjà,
mécontents des hôtels, nous avions loué pour trois
mois une exquise villa sur le Viale del Colli. Un
autre y aurait souhaité toujours vivre. Nous n'y
restâmes pas vingt jours. A chaque nouvelle étape
pourtant, j'avais soin d'aménager tout, comme si
nous ne devions plus repartir. Un démon plus fort
me poussait. Ajoutez à cela que nous n'empor-
tions pas moins de huit malles. Il y en avait une,
uniquement pleine de livres, et que, durant tout
le voyage, je n'ouvris pas même une fois.

Je n'admettais pas que Marceline s'occupât de
nos dépenses, ni tentât de les modérer. Qu'elles
fussent excessives, certes, je le savais, et qu'elles ne
pourraient durer. Je cessais de compter sur l'argent de la Morinière ; elle ne rapportait plus rien

et Bocage écrivait qu'il ne trouvait pas d'acqué-
reur. Mais toute considération d'avenir n'aboutissait qu'à me faire dépenser davantage. Ah! qu'au-
rais-je besoin de tant, une fois seul? pensais-je, et
j'observais, plein d'angoisse et d'attente, diminuer,
plus vite encore que ma fortune, la frêle vie de
Marceline.

Bien qu'elle se reposât sur moi de tous les soins,
ces déplacements précipités la fatiguaient; mais ce
qui la fatiguait davantage, j'ose bien à présent
me l'avouer, c'était la peur de ma pensée.

— Je vois bien, me dit-elle un jour, — je
comprends bien votre doctrine — car c'est une
doctrine à présent. Elle est belle, peut-être, — puis
elle ajouta plus bas, tristement : Mais elle sup-
prime les faibles.

— C'est ce qu'il faut, répondis-je aussitôt malgré moi.

Alors il me parut sentir, sous l'effroi de ma
brutale parole, cet être délicat se replier et frissonner. Ah! peut-être allez-vous penser que je n'aimais pas Marceline. Je jure que je l'aimais passionnément. Jamais elle n'avait été et ne m'avait
paru si belle. La maladie avait subtilisé et comme
extasié ses traits. Je ne la quittais presque plus,
l'entourais de soins continus, protégeais, veillais
chaque instant et de ses jours et de ses nuits. Si

léger que fût son sommeil, j'exerçai mon sommeil
à rester plus léger encore; je la surveillais s'endormir et je m'éveillais le premier. Quand, parfois,
la quittant une heure, je voulais marcher seul dans
la campagne ou dans les rues, je ne sais quel souci
d'amour et la crainte de son ennui me rappelaient
vite auprès d'elle; et parfois j'appelais à moi ma
volonté, protestais contre cette emprise, me disais :
n'est-ce que cela que tu vaux, faux grand homme!
— et me contraignais à faire durer mon absence; —
mais je rentrais alors les bras chargés de fleurs,
fleurs de jardin précoce ou fleurs de serre... Oui,
vous dis-je; je la chérissais tendrement. Mais comment exprimer ceci?... A mesure que je me res-
pectais moins, je la vénérais davantage; — et qui
dira combien de passions et combien de pensées
ennemies peuvent cohabiter en l'homme?...

Depuis longtemps déjà le mauvais temps avait
cessé; la saison s'avançait; et brusquement les
amandiers fleurirent. C'était le premier mars. Je
descends au matin sur la place d'Espagne. Les
paysans ont dépouillé de ses rameaux blancs la
campagne, et les fleurs d'amandiers chargent les
paniers des vendeurs. Mon ravissement est tel que
j'en achète tout un bosquet. Trois hommes me
l'apportent. Je rentre avec tout ce printemps.

Les branches s'accrochent aux portes; des pétales neigent sur le tapis. J'en mets partout, dans tous les vases; j'en blanchis le salon, dont Marceline pour l'instant, est absente. Déjà je me réjouis de sa joie. Je l'entends venir. La voici. Elle ouvre la porte. Qu'a t-elle?... Elle chancelle... Elle éclate en sanglots.

— Qu'as-tu? ma pauvre Marceline...

Je m'empresse auprès d'elle, la couvre de tendres caresses. Alors, comme pour s'excuser de ses larmes :

— L'odeur de ces fleurs me fait mal, dit-elle.

Et c'était une fine, fine, une discrète odeur de miel. Sans rien dire, je saisis ces innocentes branches fragiles, les brise, les emporte, les jette, exaspéré, le sang aux yeux. — Ah! si déjà ce peu de printemps, elle ne le peut plus supporter!...

Je repense souvent à ces larmes et je crois maintenant que, déjà se sentant condamnée, c'est de regret d'autres printemps qu'elle pleurait. Je pense aussi qu'il est de fortes joies pour les forts, et de faibles joies pour les faibles que les fortes joies blesseraient. Elle, un rien de plaisir la soûlait; un peu d'éclat de plus, et elle ne le pouvait plus supporter. Ce qu'elle appelait le bonheur, c'est ce que j'appelais le repos, et moi je ne voulais ni ne pouvais me reposer.

Quatre jours après, nous repartîmes pour Sor-

rente. Je fus déçu de n'y trouver pas plus de chaleur. Tout semblait grelotter. Le vent qui n'arrê-
tait pas de souffler fatiguait beaucoup Marceline.
Nous avions voulu descendre au même hôtel qu'à
notre précédent voyage; nous retrouvions la même
chambre. Nous regardions avec étonnement, sous
le ciel terne, tout le décor désenchanté, et le
morne jardin de l'hôtel qui nous paraissait si charmant quand s'y promenait notre amour.

Nous résolûmes de gagner par mer Palerme
dont on nous vantait le climat; nous rentrâmes à
Naples où nous devions nous embarquer et où
nous nous attardâmes encore. Mais à Naples du
moins je ne m'ennuyais pas. Naples est une ville
vivante où ne s'impose pas le passé.

Presque tous les instants du jour je restais près
de Marceline. La nuit, elle se couchait tôt, étant
lasse; je la surveillais s'endormir, et parfois me
couchais moi-même, puis, quand son souffle plus
égal m'avertissait qu'elle dormait, je me relevais
sans bruit, je me rhabillais sans lumière; je me
glissais dehors comme un voleur.

Dehors! oh! j'aurais crié d'allégresse. Qu'allais-je
faire? Je ne sais pas. Le ciel, obscur le jour, s'était
délivré des nuages; la lune presque pleine luisait.
Je marchais au hasard, sans but, sans désir, sans
contrainte. Je regardais tout d'un œil neuf; j'épiais

224

chaque bruit, d'une oreille plus attentive; je humais l'humidité de la nuit; je posais ma main sur des choses; je rôdais.

Le dernier soir que nous restions à Naples, je prolongeai cette débauche vagabonde. En rentrant, je trouvai Marceline en larmes. Elle avait eu peur, me dit-elle, s'étant brusquement réveillée et ne m'ayant plus senti là. Je la tranquillisai, expliquai de mon mieux mon absence et me promis de ne plus la quitter. Mais dès la première nuit de Palerme, je n'y pus tenir; je sortis. Les premiers orangers fleurissaient; le moindre souffle en apportait l'odeur.

Nous ne restâmes à Palerme que cinq jours; puis, par un grand détour, regagnâmes Taormine que tous deux désirions revoir. Ai-je dit que le village est assez haut perché dans la montagne? La gare est au bord de la mer. La voiture qui nous conduisit à l'hôtel dut me ramener aussitôt vers la gare, où j'allais réclamer nos malles. Je m'étais mis debout dans la voiture pour causer avec le cocher. C'était un petit Sicilien de Catane, beau comme un vers de Théocrite, éclatant, odorant, savoureux comme un fruit.

— Com'è bella la Signora! dit-il d'une voix charmante en regardant s'éloigner Marceline.

— Anche tu sei bello, ragazzo, répondis-je; et comme j'étais penché vers lui, je n'y pus tenir et, bientôt, l'attirant contre moi, l'embrassai. Il se laissa faire en riant.

— I Francesi sono tutti amanti, dit-il.

— Ma non tutti gli Italiani amati, repartis-je en riant aussi. Je le cherchai les jours suivants, mais ne pus parvenir à le revoir.

Nous quittâmes Taormine pour Syracuse. Nous redéfaisions pas à pas notre premier voyage, remontions vers le début de notre amour. Et de même que de semaine en semaine, lors de notre premier voyage, je marchais vers la guérison, de semaine en semaine, à mesure que nous avancions vers le Sud, l'état de Marceline empirait.

Par quelle aberration, quel aveuglement obstiné, quelle volontaire folie, me persuadai-je, et surtout tâchai-je de lui persuader qu'il lui fallait plus de lumière encore et de chaleur, invoquai-je le souvenir de ma convalescence à Biskra?... L'air s'était attiédi pourtant; la baie de Palerme est clémente et Marceline s'y plaisait. Là, peut-être, elle aurait... Mais étais-je maître de choisir mon vouloir? de décider de mon désir?

A Syracuse, l'état de la mer et le service irrégulier des bateaux nous força d'attendre huit jours. Tous les instants que je ne passai pas près de Mar-

celine, je les passai dans le vieux port. O petit
port de Syracuse! odeurs de vin suri, ruelles
boueuses, puante échoppe où roulaient débardeurs, vagabonds, mariniers avinés. La société
des pires gens m'était compagnie délectable. Et
qu'avais-je besoin de comprendre bien leur langage, quand toute ma chair le goûtait. La bruta-
lité de la passion y prenait encore à mes yeux un
hypocrite aspect de santé, de vigueur. Et j'avais
beau me dire que leur vie misérable ne pouvait
avoir pour eux le goût qu'elle prenait pour moi...
Ah! j'eusse voulu rouler avec eux sous la table et
ne me réveiller qu'au frisson triste du matin. Et
j'exaspérais auprès d'eux ma grandissante horreur
du luxe, du confort, de ce dont je m'étais entouré,
de cette protection que ma neuve santé avait su
me rendre inutile, de toutes ces précautions que
l'on prend pour préserver son corps du contact
hasardeux de la vie. J'imaginais plus loin leur
existence. J'eusse voulu plus loin les suivre, et pénétrer dans leur ivresse... Puis soudain je revoyais
Marceline. Que faisait-elle en cet instant? Elle
souffrait, pleurait peut-être... Je me levais en hâte;
je courais; je rentrais à l'hôtel, où semblait écrit
sur la porte : Ici les pauvres n'entrent pas.

Marceline m'accueillait toujours de même; sans
un mot de reproche ou de doute, et s'efforçant

malgré tout de sourire. Nous prenions nos repas à part; je lui faisais servir tout ce que le médiocre hôtel pouvait réserver de meilleur. Et pendant le repas je pensais : un morceau de pain, de fromage, un pied de fenouil leur suffit et me suffirait comme à eux. Et peut-être que là, là tout près, il en est qui ont faim et qui n'ont même pas cette maigre pitance. Et voici sur ma table de quoi les rassasier pour trois jours! J'eusse voulu crever les murs, laisser affluer les convives. Car sentir souffrir de la faim me devenait angoisse affreuse. Et je regagnais le vieux port où je répandais au hasard les menues pièces dont j'avais les poches emplies.

La pauvreté de l'homme est esclave; pour manger, elle accepte un travail sans plaisir; tout travail qui n'est pas joyeux est détestable, pensais-je, et je payais le repos de plusieurs. Je disais : — Ne travaille donc pas : ça t'ennuie. Je rêvais pour chacun ce loisir sans lequel ne peut s'épanouir aucune nouveauté, aucun vice, aucun art.

Marceline ne se méprenait pas sur ma pensée; quand je revenais du vieux port, je ne lui cachais pas quels tristes gens m'y entouraient. Tout est dans l'homme. Marceline entrevoyait bien ce que je m'acharnais à découvrir; et comme je lui reprochais de croire trop souvent à des vertus qu'elle inventait à mesure en chaque être :

— Vous, vous n'êtes content, me dit-elle, que quand vous leur avez fait montrer quelque vice. Ne comprenez-vous pas que notre regard développe, exagère en chacun le point sur lequel il s'attache, et que nous le faisons devenir ce que nous prétendons qu'il est?

J'eusse voulu qu'elle n'eût pas raison, mais devais bien m'avouer qu'en chaque être, le pire instinct me paraissait le plus <u>sincère</u>. Puis, qu'appelais-je sincérité?

Nous quittâmes enfin Syracuse. Le souvenir et le désir du Sud m'obsédaient. Sur mer, Marceline alla mieux... Je revois le ton de la mer. Elle est si calme que le sillage du navire semble y durer. J'entends les bruits d'égouttement, les bruits liquides; le lavage du pont, et sur les planches le claquement des pieds nus des laveurs. Je revois Malte toute blanche; l'approche de Tunis... Comme je suis changé!

Il fait chaud. Il fait beau. Tout est splendide. Ah! je voudrais qu'en chaque phrase, ici, toute une moisson de volupté se distille. En vain chercherai-je à présent à imposer à mon récit plus d'ordre qu'il n'y en eut dans ma vie. Assez longtemps j'ai cherché de vous dire comment je devins qui je suis. Ah! désembarrasser mon esprit de

cette insupportable logique!... Je ne sens rien que
de noble en moi.

Tunis. Lumière plus abondante que forte.
L'ombre en est encore remplie. L'air lui-même
semble un fluide lumineux où tout baigne, où l'on
plonge, où l'on nage. Cette terre de volupté satisfait mais n'apaise pas le désir, et toute satisfaction
l'exalte.

Terre en vacance d'œuvres d'art. Je méprise
ceux qui ne savent reconnaître la beauté que trans-
crite déjà et toute interprétée. Le peuple arabe a
ceci d'admirable que son art, il le vit, il le chante
et le dissipe au jour le jour; il ne le fixe point
et ne l'embaume en aucune œuvre. C'est la cause
et l'effet de l'absence de grands artistes. J'ai toujours cru les grands artistes ceux qui osent donner droit de beauté à des choses si naturelles
qu'elles font dire après à qui les voit : « Comment n'avais-je pas compris jusqu'alors que cela
aussi était beau?... »

A Kairouan, que je ne connaissais pas encore,
et où j'allai sans Marceline, la nuit était très belle.
Au moment de rentrer dormir à l'hôtel, je me
souvins d'un groupe d'Arabes couchés en plein air
sur les nattes d'un petit café. Je m'en fus dormir
tout contre eux. Je revins couvert de vermine.

La chaleur moite de la côte affaiblissant beaucoup Marceline, je lui persuadai que ce qu'il nous fallait, c'était gagner Biskra au plus vite. Nous étions au début d'avril.

Ce voyage est très long. Le premier jour, nous gagnons d'une traite Constantine; le second jour, Marceline est très lasse et nous n'allons que jusqu'à El Kantara. Là nous avons cherché et nous avons trouvé vers le soir une ombre plus délicieuse et plus fraîche que la clarté de la lune, la nuit. Elle était comme un breuvage intarissable; elle ruisselait jusqu'à nous. Et du talus où nous étions assis, on voyait la plaine embrasée. Cette nuit, Marceline ne peut dormir; l'étrangeté du silence et des moindres bruits l'inquiète. Je crains qu'elle n'ait un peu de fièvre. Je l'entends se remuer sur son lit. Le lendemain, je la trouve plus pâle. Nous repartons.

Biskra. C'est donc là que je veux en venir. Oui; voici le jardin public; le banc... je reconnais le banc où je m'assis aux premiers jours de ma convalescence. Qu'y lisais-je donc?... Homère; depuis je ne l'ai pas rouvert. — Voici l'arbre dont j'allai palper l'écorce. Que j'étais faible, alors!... Tiens! voici des enfants... Non; je n'en reconnais aucun. Que Marceline est grave! Elle est aussi changée que moi. Pourquoi tousse-t-elle, par ce beau

231

temps? — Voici l'hôtel. Voici nos chambres; nos terrasses. — Que pense Marceline? Elle ne m'a pas dit un mot. — Sitôt arrivée dans sa chambre, elle s'étend sur le lit; elle est lasse et dit vouloir dormir un peu. Je sors.

Je ne reconnais pas les enfants, mais les enfants me reconnaissent. Prévenus de mon arrivée, tous accourent. Est-il possible que ce soient eux? Quelle déconvenue! Que s'est-il donc passé? Ils ont affreusement grandi. En à peine un peu plus de deux ans, — cela n'est pas possible... quelles fatigues, quels vices, quelles paresses, ont déjà mis tant de laideur sur ces visages, où tant de jeunesse éclatait? Quels travaux vils ont déjeté si tôt ces beaux corps? Il y a là comme une banqueroute... Je questionne. Bachir est garçon plongeur d'un café; Ashour gagne à grand-peine quelques sous à casser les cailloux des routes; Hammatar a perdu un œil. Qui l'eût cru : Sadeck s'est rangé; il aide un frère aîné à vendre des pains au marché; il semble devenu stupide. Agib s'est établi boucher près de son père; il engraisse; il est laid; il est riche; il ne veut plus parler à ses compagnons déclassés... Que les carrières honorables abêtissent! Vais-je donc retrouver chez eux ce que je haïssais parmi nous? — Boubaker? — Il s'est marié. Il n'a pas quinze ans. C'est grotesque. — Non, pourtant;

232

je l'ai revu le soir. Il s'explique : son mariage n'est qu'une frime. C'est, je crois, un sacré débauché! Mais il boit; se déforme... Et voilà donc tout ce qui reste? Voilà donc ce qu'en fait la vie! — Je sens à mon intolérable tristesse que c'était beaucoup eux que je venais revoir. — Ménalque avait raison : le souvenir est une invention de malheur.

Et Moktir? — Ah! celui-là sort de prison. Il se cache. Les autres ne fraient plus avec lui. Je voudrais le revoir. Il était le plus beau d'eux tous; va-t-il me décevoir aussi?... On le retrouve. On me l'amène. — Non! celui-là n'a pas failli. Même mon souvenir ne me le représentait pas si superbe. Sa force et sa beauté sont parfaites. En me reconnaissant, il sourit.

— Et que faisais-tu donc avant d'être en prison?

— Rien.

— Tu volais?

Il proteste.

— Que fais-tu maintenant?

Il sourit.

— Eh! Moktir! si tu n'as rien à faire, tu nous accompagneras à Touggourt. — Et je suis pris soudain du désir d'aller à Touggourt.

Marceline ne va pas bien; je ne sais pas ce qui se passe en elle. Quand je rentre à l'hôtel ce

soir-là, elle se presse contre moi sans rien dire, les yeux fermés. Sa manche large, qui se relève, laisse voir son bras amaigri. Je la caresse et la berce longtemps, comme un enfant que l'on veut endormir. Est-ce l'amour, ou l'angoisse, ou la fièvre qui la fait trembler ainsi?... Ah! peut-être il serait temps encore... Est-ce que je ne m'arrêterai pas?
— J'ai cherché, j'ai trouvé ce qui fait ma valeur : une espèce d'entêtement dans le pire. — Mais comment arrivé-je à dire à Marceline que demain nous partons pour Touggourt?...

A présent, elle dort dans la chambre voisine. La lune, depuis longtemps levée, inonde à présent la terrasse. C'est une clarté presque effrayante. On ne peut pas s'en cacher. Ma chambre a des dalles blanches, et là surtout elle paraît. Son flot entre par la fenêtre grande ouverte. Je reconnais sa clarté dans la chambre et l'ombre qu'y dessine la porte. Il y a deux ans elle entrait plus avant encore... oui, là précisément où elle avance maintenant — quand je me suis levé renonçant à dormir. J'appuyais mon épaule contre le montant de cette porte-là. Je reconnais l'immobilité des palmiers... Quelle parole avais-je donc lue ce soir-là?... Ah! oui; les mots du Christ à Pierre : « Maintenant tu te ceins toi-même, et tu vas où tu veux aller... » Où vais-je? Où veux-je aller?... Je ne

vous ai pas dit que, de Naples, cette dernière fois,
j'avais gagné Pœstum, un jour, seul... Ah! j'aurais
sangloté devant ces pierres! L'ancienne beauté
paraissait, simple, parfaite, souriante — abandon-
née. L'art s'en va de moi, je le sens. C'est pour faire
place à quoi d'autre? Ce n'est plus, comme avant,
une souriante harmonie... Je ne sais plus, à présent,
le dieu ténébreux que je sers. O Dieu neuf! donnez-
moi de connaître encore des races nouvelles, des
types imprévus de beauté.

Le lendemain, dès l'aube, la diligence nous
emmène. Moktir est avec nous. Moktir est heureux
comme un roi.

Chegga; Kefeldorh'; M'reyer... mornes étapes
sur la route plus morne encore, interminable. J'aurais cru pourtant, je l'avoue, plus riantes ces oasis.
Mais plus rien que la pierre et le sable; puis
quelques buissons nains, bizarrement fleuris; parfois quelque essai de palmiers qu'alimente une
source cachée... A l'oasis je préfère à présent le
désert — ce pays de mortelle gloire et d'intolérable splendeur. L'effort de l'homme y paraît laid et
misérable. Maintenant toute autre terre m'ennuie.

— Vous aimez l'inhumain, dit Marceline. Mais
comme elle regarde elle-même! et avec quelle
avidité!

Le temps se gâte un peu, le second jour; c'est-à-dire que le vent s'élève et que l'horizon se ternit. Marceline souffre; le sable qu'on respire brûle, irrite sa gorge : la surabondante lumière fatigue son regard; ce paysage hostile la meurtrit. Mais à présent il est trop tard pour revenir. Dans quelques heures, nous serons à Touggourt.

C'est de cette dernière partie du voyage, pourtant si proche encore, que je me souviens le moins bien. Impossible, à présent, de revoir les paysages du second jour et ce que je fis d'abord à Touggourt. Mais ce dont je me souviens encore, c'est quelles étaient mon impatience et ma précipitation.

Il avait fait très froid le matin. Vers le soir, un simoun ardent s'élève. Marceline, exténuée par le voyage, s'est couchée sitôt arrivée. J'espérais trouver un hôtel un peu plus confortable; notre chambre est affreuse; le sable, le soleil et les mouches ont tout terni, tout sali, défraîchi. N'ayant presque rien mangé depuis l'aurore, je fais servir aussitôt le repas; mais tout paraît mauvais à Marceline et je ne peux la décider à rien prendre. Nous avons emporté de quoi faire du thé. Je m'occupe à ces soins dérisoires. Nous nous contentons, pour dîner, de quelques gâteaux secs et de ce thé, auquel l'eau salée du pays a donné son goût détestable.

Par un dernier semblant de vertu, je reste jusqu'au soir auprès d'elle. Et soudain je me sens comme à bout de forces moi-même. O goût de cendres! O lassitude! Tristesse du surhumain effort! J'ose à peine la regarder; je sais trop que mes yeux, au lieu de chercher son regard, iront affreusement se fixer sur les trous noirs de ses narines; l'expression de son visage souffrant est atroce. Elle non plus ne me regarde pas. Je sens, comme si je la touchais, son angoisse. Elle tousse beaucoup; puis s'endort. Par moments, un frisson brusque la secoue.

La nuit pourrait être mauvaise et, avant qu'il ne soit trop tard, je veux savoir à qui je pourrais m'adresser. Je sors. Devant la porte de l'hôtel, la place de Touggourt, les rues, l'atmosphère même est étrange au point de me faire croire que ce n'est pas moi qui les vois. Après quelques instants je rentre. Marceline dort tranquillement. Je m'effrayais à tort; sur cette terre bizarre, on suppose un péril partout; c'est absurde. Et, suffisamment rassuré, je ressors.

Étrange animation nocturne sur la place; circulation silencieuse; glissement clandestin des burnous blancs. Le vent déchire par instants des lambeaux de musique étrange et les apporte je ne sais d'où. Quelqu'un vient à moi... C'est Moktir.

Il m'attendait, dit-il, et pensait bien que je ressor-
tirais. Il rit. Il connaît bien Touggourt, y vient
souvent et sait où il m'emmène. Je me laisse entraîner par lui.

Nous marchons dans la nuit; nous entrons dans
un café maure; c'est de là que venait la musique.
Des femmes arabes y dansent — si l'on peut appeler une danse ce monotone glissement. — Une
d'elles me prend par la main; je la suis; c'est la
maîtresse de Moktir; il accompagne. Nous entrons
tous les trois dans l'étroite et profonde chambre
où l'unique meuble est un lit; un lit très bas, sur
lequel on s'assied. Un lapin blanc, enfermé dans
la chambre, s'effarouche d'abord, puis s'apprivoise
et vient manger dans la main de Moktir. On nous
apporte du café. Puis, tandis que Moktir joue
avec le lapin, cette femme m'attire à elle, et je
me laisse aller à elle comme on s'abandonne au
sommeil.

Ah! je pourrais ici feindre ou me taire; mais
que m'importe à moi ce récit, s'il cesse d'être
véritable?

Je retourne seul à l'hôtel, Moktir restant là-bas
pour la nuit. Il est tard. Il souffle un sirocco
aride; c'est un vent tout chargé de sable, et tor-
ride malgré la nuit; un vent de fièvre qui aveugle
et fauche les jarrets; mais j'ai soudain trop hâte

de rentrer, et c'est presque en courant que je reviens. Elle s'est réveillée peut-être; peut-être a-t-elle besoin de moi?... Non; la croisée de la chambre est sombre; elle dort. J'attends un court répit du vent pour ouvrir; j'entre très doucement dans le noir. — Quel est ce bruit?... Je ne reconnais pas sa toux... Est-ce bien elle?... J'allume...

Marceline est assise à moitié sur son lit; un de ses maigres bras se cramponne aux barreaux du lit, la tient dressée; ses draps, ses mains, sa chemise, sont inondés d'un flot de sang; son visage en est tout sali; ses yeux sont hideusement agrandis; et n'importe quel cri d'agonie m'épouvanterait moins que son silence. Je cherche sur son visage transpirant une petite place où poser un affreux baiser; le goût de sa sueur me reste aux lèvres. Je lave et rafraîchis son front, ses joues. Contre le lit, quelque chose de dur sous mon pied : je me baisse, et ramasse le petit chapelet qu'elle réclamait naguère à Paris, et qu'elle a laissé tomber; je le passe à sa main ouverte, mais sa main aussitôt s'abaisse et le laisse tomber de nouveau. Je ne sais que faire; je voudrais demander du secours... Sa main s'accroche à moi désespérément, me retient; ah! croit-elle donc que je veux la quitter? Elle me dit :

— Oh! tu peux bien attendre encore. Elle voit que je veux parler :

— Ne me dis rien, ajoute-t-elle; tout va bien. — De nouveau je ramasse le chapelet; je le lui remets dans la main, mais de nouveau elle le laisse — que dis-je? elle le fait tomber. Je m'agenouille auprès d'elle et presse sa main contre moi.

Elle se laisse aller, moitié contre le traversin et moitié contre mon épaule, semble dormir un peu, mais ses yeux restent grands ouverts.

Une heure après, elle se redresse; sa main se dégage des miennes, se crispe à sa chemise et en déchire la dentelle. Elle étouffe. — Vers le petit matin, un nouveau vomissement de sang...

J'ai fini de vous raconter mon histoire. Qu'ajouterais-je de plus? — Le cimetière français de Touggourt est hideux, à moitié dévoré par les sables... Le peu de volonté qui me restait, je l'ai tout employé à l'arracher de ces lieux de détresse. C'est à El Kantara qu'elle repose, dans l'ombre d'un jardin privé qu'elle aimait. Il y a de tout cela trois mois à peine. Ces trois mois ont éloigné cela de dix ans.

Michel resta longtemps silencieux. Nous nous taisions aussi, pris chacun d'un étrange malaise. Il nous semblait, hélas! qu'à nous la raconter, Michel avait rendu son action plus légitime. De ne savoir où la désapprouver, dans la lente explication qu'il en donna, nous en faisait presque complices. Nous y étions comme engagés. Il avait achevé ce récit sans un tremblement dans la voix, sans qu'une inflexion ni qu'un geste témoignât qu'une émotion quelconque le troublât, soit qu'il mît un cynique orgueil à ne pas nous paraître ému, soit qu'il craignît, par une sorte de pudeur, de provoquer notre émotion par ses larmes, soit enfin qu'il ne fût pas ému. Je ne distingue pas en lui, même à présent, la part d'orgueil, de force, de sécheresse ou de pudeur.

Au bout d'un instant, il reprit :

— Ce qui m'effraie, c'est, je l'avoue, que je suis encore très jeune. Il me semble parfois que ma vraie vie n'a pas encore commencé. Arrachez-moi d'ici à présent, et donnez-moi des raisons d'être. Moi, je ne sais plus en trouver. Je me suis délivré, c'est possible; mais qu'importe? je souffre de cette liberté sans emploi. Ce n'est pas, croyez-moi, que je sois fatigué de mon crime, s'il vous plaît de l'appeler ainsi; mais je dois me prouver à moi-même que je n'ai pas outrepassé mon droit.

J'avais, quand vous m'avez connu d'abord, une grande fixité de pensée, et je sais que c'est là ce qui fait les vrais hommes; je ne l'ai plus. Mais ce climat, je crois, en est cause. Rien ne décourage autant la pensée que cette persistance de l'azur. Ici toute recherche est impossible, tant la volupté suit de près le désir. Entouré de splendeur et de mort, je sens le bonheur trop présent et l'abandon à lui trop uniforme. Je me couche au milieu du jour pour tromper la longueur morne des journées et leur insupportable loisir. J'ai là, voyez, des cailloux blancs que je laisse tremper à l'ombre, puis que je tiens longtemps dans le creux de ma main, jusqu'à ce qu'en soit épuisée la calmante fraîcheur acquise. Alors je recommence, alternant les cailloux, remettant à tremper ceux dont la fraîcheur

est tarie. Du temps s'y passe, et vient le soir...
Arrachez-moi d'ici; je ne puis le faire moi-même.
Quelque chose en ma volonté s'est brisé; je ne
sais même où j'ai trouvé la force de m'éloigner
d'El Kantara. Parfois j'ai peur que ce que j'ai
supprimé ne se venge. Je voudrais recommencer
à neuf. Je voudrais me débarrasser de ce qui reste
de ma fortune; voyez, ces murs en sont encore
couverts. Ici je vis de presque rien. Un aubergiste
mi-français m'apprête un peu de nourriture. L'enfant, que vous avez fait fuir en entrant, me l'apporte soir et matin, en échange de quelques sous
et de caresses. Cet enfant qui, devant les étrangers, se fait sauvage, est avec moi tendre et fidèle
comme un chien. Sa sœur est une Ouled-Naïl qui,
chaque hiver, regagne Constantine où elle vend
son corps aux passants. Elle est très belle et je
souffrais, les premières semaines, que parfois elle
passât la nuit près de moi. Mais, un matin, son
frère, le petit Ali, nous a surpris couchés ensemble.
Il s'est montré fort irrité et n'a pas voulu revenir
de cinq jours. Pourtant il n'ignore pas comment
ni de quoi vit sa sœur; il en parlait auparavant
d'un ton qui n'indiquait aucune gêne. Est-ce donc
qu'il était jaloux? — Du reste, ce farceur en est
arrivé à ses fins; car, moitié par ennui, moitié par
peur de perdre Ali, depuis cette aventure je n'ai

plus retenu cette fille. Elle ne s'en est pas fâchée; mais chaque fois que je la rencontre, elle rit et plaisante de ce que je lui préfère l'enfant. Elle prétend que c'est lui qui surtout me retient ici. Peut-être a-t-elle un peu raison...

Notes

(The marginal figures refer to pages in the text; words and expressions given in exact translation in Harrap's New Shorter French and English Dictionary *are not listed here, except in certain special cases).*

Préface

47 **coloquintes:** a plant similar to a cucumber, bearing fruit which are bitter to the taste and possess purgative qualities.

pour un peu: 'one might almost say'.

48 **je n'ai voulu faire ... gardé de juger:** one of the cardinal points in Gide's attitude to fictional writing, which was to maintain strict objectivity at all times and to allow the reader to form his own judgment from the action of the story and the behaviour of the characters.

soit pour Alceste, soit pour Philinte: the two principal characters of Molière's *Le Misanthrope*, with opposing attitudes to life, Alceste representing uncompromising inflexibility of principle and Philinte a more accommodating and adaptable attitude to life in society.

pour Faust ou pour Marguerite: in Goethe's dramatic poem, *Faust*, Marguerite is seduced and abandoned by Faust. Having

245

killed her child, she is condemned to death, but is saved from damnation because of her purity of heart.

en art, il n'y a pas de problèmes . . . la suffisante solution: Gide, like the writers in the *Nouvelle Revue Française* which he helped to found in 1909, believed in the supremacy of artistic values in the writing of literature. A work of art is a sufficient end in itself, without requiring any further justification.

pour se jouer: 'even though it is enacted'.

propose comme acquis: 'takes for granted'.

Dedication

Henri Ghéon: 1875–1944, one of the founders of the *Nouvelle Revue Française* and a moving spirit behind the creation of the Théâtre du Vieux-Colombier (1913). The author of several popular religious dramas and a close friend of André Gide.

51 **président du Conseil:** from the creation of the Third Republic (1875) until the assumption of power by General de Gaulle (1958), the *Président du Conseil* was the effective head of state in France, corresponding to the Prime Minister in England, as distinct from the *Président de la République*, who, until de Gaulle, was a mere figurehead, with very little real power. *Monsieur D. R.* is, of course, a fictitious name.

tourner à bien: 'turn to good account'.

inventer l'emploi: 'discover some way of using'.

refuser à tout cela droit de cité: 'deny it proper expression'.

52 **que t'ont value tes grands mérites:** 'which your outstanding talents have gained you'.

53 **aux gestes maladroits à force d'être convaincus:** 'whose movements were so clumsy because they were so earnest'.

54 **Alger, Constantine:** *Algiers*, capital of Algeria, important port on the North African coast; *Constantine*, large city in eastern Algeria, about 50 miles inland from the coast.

Ombrie: Umbria, a district in Central Italy.

kabyle: 'Kabyle', from a part of Algeria to the east of Algiers, and adjoining the Mediterranean Sea.

55 **trois amis de Job:** in the Book of Job, Job is subjected to various ordeals to test his piety, including the loss of all his worldly possessions. Three of his friends come to comfort him in his suffering, and there ensues a series of dialogues between Job and his friends.

57 **J'eusse fait:** pluperfect subjunctive=*j'aurais fait*, a 'literary' form for the conditional perfect, much favoured by Gide in this *récit*, as elsewhere in his work. Find other examples throughout *L'Immoraliste*, and compare with his frequent use of the equally 'bookish' imperfect subjunctive.

Savoir se libérer . . . savoir être libre: this sentence may be considered as the key to the whole *récit*; this is the lesson that Michel learns to his cost as a result of the experiences he goes through in the course of the book. (cf. p. 242: "Je me suis délivré, c'est possible; mais qu'importe? je souffre de cette liberté sans emploi".)

58 **Angers:** city of France, 190 miles S.W. of Paris.

pour complaire à mon père, qui, mourant, s'inquiétait de me laisser seul: there is here a fictional transposition of the events of Gide's own life, with the substitution of Michel's father for Gide's mother. Gide similarly became engaged to Madeleine very shortly after the death of his mother, who expressed a wish, at the end of her life, to see them united in marriage. (cf. *Si le grain ne meurt . . .* (Pléiade edition): "maman m'avouait enfin qu'elle ne souhaitait rien tant que de me voir épouser celle qu'elle considérait depuis longtemps comme sa bru. Peut-être aussi sentait-elle ses forces diminuer et craignait-elle de me laisser seul" (p. 609)).

59 **cela se joua sans impair:** 'all went off without a hitch'.

enseignement huguenot: Gide's own life was very much influenced by the austere Protestant training of his childhood. The original Huguenots were the followers of the Calvinist Reformation movement.

247

plis: 'marks, impressions' (*lit.* 'folds').

Cette sorte d'austérité . . . je la reportai toute à l'étude: such austerity was an integral part of Gide's own childhood, and inclined him towards habits of virtuous self-denial and serious study (cf. *Si le grain ne meurt . . .*, p. 550).

60 **chauffé:** '(intellectually) stimulated'.

vous en fûtes: 'you were among them'.

61 **du même coup:** 'at the same time'.

Comment l'eussé-je su?: (*pluperf. subj.*) 'How could I have known?'

62 **Grenade, Séville:** *Granada*, province of southern Spain, and the capital city of this province; *Seville*, also a province in southern Spain, and the name of its capital, which is the chief city of Andalusia and of all southern Spain.

64 **Je m'étais fait, comme j'avais pu, quelques idées:** 'In one way or another I had picked up a few ideas'.

65 **Carthage:** ancient Phœnician port close to the site of present-day Tunis.

Timgat: a Roman city in N. Africa, founded in 100 A.D. by Trajan; famous for its ruins, a relic of the time when N. Africa was a Roman province.

Sousse: old town and port on the east coast of Tunisia, some 70 miles south of Tunis.

El Djem: village in Tunisia, between Sousse and Sfax.

d'ici là: 'between here and there'.

Au toucher de nouvelles sensations s'émouvaient telles parties de moi: 'On contact with new sensations, certain parts of my being were awakened'.

Nous allons vers le sud, pensai-je; la chaleur me remettra: it is worthy of note that in the third part of the book, when Marceline herself is suffering from tuberculosis, Michel has the same mistaken notion that a warmer climate will act as a cure (cf. p. 218).

Gide, in fact, suffered himself from the same delusion when he fell similarly ill during his journey to N. Africa in 1893 (cf. *Si le grain ne meurt* . . .: "Au surplus je pensais que la chaleur de l'Algérie me remettrait, que nul climat ne pouvait être meilleur" p. 553.)

Sfax: large port in Tunisia, south of Sousse.

coupé: the front portion of a stage-coach.

66 **le vent commença de souffler:** cf. this passage with a similar passage in *Si le grain ne meurt* . . ., describing the howling of the wind during Gide's journey across the desert in 1893: "Mais le vent! . . . Cessait-il de souffler, la chaleur était accablante; s'il s'élevait, on était transi. Il soufflait comme coule l'eau d'un fleuve, d'une hâte ininterrompue; il traversait les couvertures, les vêtements, la chair même; je me sentais transi jusqu'aux os" (p. 556).

rien ne pouvait en préserver: 'nothing could protect one from it'.

bordj: (Arab word) a solid type of native residence.

67 **j'amenais cela sans effort:** 'I brought it up effortlessly'.

68 **J'ai gardé, je crois, de mon enfance puritaine . . . lâcheté:** as it was with Michel, so it was with Gide as a young boy, who, like Jérôme in *La Porte étroite*, was continually obsessed with self-constraint, seeking difficulty for the sheer pleasure of overcoming it.

me cramponnai: 'took a hold on myself'.

69 **de ce qu'elle n'eût rien su voir:** 'at the fact that she had not been aware of anything'.

rien n'y fit: 'it was no use, I couldn't help it'.

70 **le major:** 'army doctor, medical officer'.

71 **Biskra:** town in Algeria, on the northern edge of the Sahara Desert.

73 **Je devais faire de la vie la palpitante découverte:** Gide himself made a similar thrilling discovery of life as a result of falling ill during his journey to N. Africa in 1893, and then slowly recovering his health in this same exotic setting.

74 **home:** the English word employed here has all the associations of warmth and intimacy that the English attach to this term.

75 **gandourah:** a kind of sleeveless tunic, worn by Arabs.

burnous: cape with hood, worn by Arabs.

djerid: Arab word for the stem of a palm-tree stripped of its leaves.

les attaches de ses poignets: 'his wrists'.

chéchia: matted woollen cap worn by Arabs, usually with a small tassel (*gland*) on the crown.

76 **fit si bien qu'il s'enfonça:** 'ended by sticking'.

77 **C'était là ce dont je m'éprenais . . . était belle:** it is natural that, after so serious an illness, Michel should be attracted by the magnificent health of these native boys. There is also an undercurrent of latent homosexuality in this attraction, which, at a later point in the book, shifts from a preoccupation with health and beauty to the sordid and ugly (cf. Alcide). Gide, during his convalescence in N. Africa, was similarly attracted by the health of native boys around him; cf. *Si le grain ne meurt . . .*: "Et je n'étais épris d'aucun d'entre eux, mais bien, indistinctement, de leur jeunesse. Le spectacle de leur santé me soutenait et je ne souhaitais pas d'autre société que la leur" (p. 563).

78 **vivre! je veux vivre. Je veux vivre:** cf. Gide during his own convalescence: "je me sentais revivre; et même il me semblait que pour la première fois je vivais, sorti de la vallée de l'ombre de la mort, que je naissais à la vraie vie' (*Si le grain ne meurt . . .*, p. 570).

81 **buvant à même:** 'drinking straight from the bottle'.

82 **ma veillée d'armes:** 'my night of vigil before the battle'.

83 **Ma négligence, en ce récit, est volontaire: elle était réelle là-bas:** 'In telling this story, my omission of it (i.e. *la part de l'esprit*) is deliberate: at the time, it was very real'.

Rousseau: 1712–1778, one of the most important and influential French writers of the eighteenth century, author of *La Nouvelle*

Héloïse (novel), *Emile* (treatise on education) and *Le Contrat Social* (treatise on politics and government). His political ideas were in profound sympathy with the ideals of the French Revolution.

84 **que ma volonté surtendue ne pouvait complètement retenir:** 'which I could not completely restrain, even by a supreme exertion of my will-power'.

irréductibles . . . au simple état tuberculeux: 'impossible to attribute to a simple tubercular condition'.

Des parties de mon corps se glaçaient . . . ; rien ne les pouvait plus réchauffer: Gide experienced the same sensations during his convalescence in 1894; cf. "Ce qui me gêne à présent c'est l'étrange habitude qu'a mon corps de se réserver une partie froide; épaule, mollet, cuisses—cela varie—et cela varie très vite, mais tout d'un coup il y a une de ces parties qui devient froide, suante et presque insensible" (letter from Gide to his mother, quoted by J. Delay, Vol. II, p. 315).

85 **ces premiers bégaiements de santé:** 'this first faltering progress towards health'.

86 **à part moi:** 'privately, secretly'.

87 **autant que l'émotion que j'en avais:** '(in a voice as charming . . .) as the emotion I felt in hearing it'. Another of the many indications in this part of the book of Michel's awakening homosexual feelings.

88 **canéphores:** girls who, in Greek ritual, carried sacrificial objects in baskets on their heads.

qui s'offrit de lui-même: 'who presented himself of his own accord'.

89 **un enfant très jeune, si malingre . . . de pitié:** in contrast to Michel's preference for robust, healthy native boys are Marceline's maternal feelings for sickly, puny children; cf. p. 99: "ceux que Marceline choyait étaient faibles, chétifs'.

il se plaint de partout un peu: 'he complains of feeling pains all over'.

251

90 **à moins que ne vînt de partout:** 'unless it was from all around me that came'.

90– **J'écoutai. Qu'entendis-je?... ; j'y trouvais un ravissement:**
91 the sudden awakening of all Michel's senses, depicted here, recalls Gide's own sensual awakening in N. Africa, as it is recounted in *Les Nourritures terrestres*.

91 **ma sensation devenait aussi forte qu'une pensée:** 'feeling was becoming for me as strong as thought'.

La conscience que je prenais à nouveau de mes sens m'en permettait l'inquiète reconnaissance: 'My new awareness of my senses enabled me to give them uneasy recognition'.

94 **l'inclinent à loisir:** 'direct its leisurely course'.

un détour nous perd: 'a sudden turn in the path makes us lose our way'.

comme à l'abri du temps: 'as though beyond the reach of time'.

96 **que fait le long du fût la cicatrice des anciennes palmes coupées**: 'formed along the trunk by the stumps of old palm leaves, previously lopped off'.

étêté: 'of which the top branches had been cut off' (*lit.* 'with the head removed').

appendue: 'hung up'.

97 **bouchon:** a game played with corks and small coins.

98 **même plus invités:** 'even uninvited'.

99 **Mon cœur battit . . . le moindre sentiment de révolte:** a first indication of Michel's latent *immoralisme*, which will develop to so extraordinary a degree later in the book. The symptoms are the wild beating of his heart, and the joy he feels at the theft of his scissors—reactions to be compared with those he experiences in a similar situation later in the book (p. 199), when Alcide poaches his game. In the case of the theft of the scissors, Ménalque informs him subsequently (p. 164) that Moktir was aware that Michel had observed him stealing them and was surprised that he had not been reprimanded.

252

NOTES

101 **l'Oued:** Arab word meaning 'watercourse', and referring more particularly to the temporary watercourses which appear in the Sahara Desert after rain.

102 **dont je ne connaissais pas l'attente:** 'whose feverish anticipation (of rain) was unknown to me' (*attente* is a favourite Gidean word).

103 **brusquement m'envahit de nouveau . . . comme les bêtes:** this sudden foreboding of his tragic destiny which surges up into Michel's consciousness serves as a kind of dramatic irony, anticipating the disastrous turn of events at the end of the story. Note the dramatic movement, the lyrical flow of the sentence, and, in particular, the rhetorical grouping in threes of its various parts: *pour protester, s'affirmer, se désoler; si violent, douloureux presque, et si impétueux.*

104 **Maintenant que tu te ceins toi-même . . . tu étendras les mains . . . :** John 21:18—a further symbolic rendering of the eventual futility of Michel's quest for individualism and his lonely isolation at the end of the story. The biblical quotation continues: "and another will gird you and carry you where you do not wish to go". This quotation, and this premonition, is recalled by Michel during the final stages of his fateful last journey to Africa with Marceline; cf. p. 234.

105 **Syracuse:** a city of Sicily, situated on the east coast of the island; was the chief Greek city of ancient Sicily.

sans examen: 'without questioning'.

106 **en pleine nouveauté d'une terre inconnue:** 'in the total newness of a strange country'.

Théocrite: Theocritus (*c.* 300–250 BC), Greek poet, born at Syracuse, inventor of pastoral poetry, famous for his collection of *Idylls*.

107 **Latomies:** former stone quarries at Syracuse, used by the ancient Greeks as prisons, in modern times made into sunken gardens.

Cyané: river in Sicily, where, according to Greek mythology, the god Pluto, carrying off Proserpine, struck the bank with his trident and passed through into Hades. The nymph after whom the river was named is said to have wept at the abduction of Proserpine.

je me découvrais autre: 'I discovered that I was different'.

108 **le ≪ vieil homme≫, celui dont ne voulait plus l'Évangile:** 'original man (i.e. the old Adam, man before the existence of sin), rejected by the Gospel'.

surcharges: 'overlays' (i.e. one word written over another, in a manuscript).

valeureux: 'worthy'.

appris: 'trained, due to teaching'.

palimpsestes: a manuscript on parchment, from which the writing has been obliterated to make room for a new text. cf. below: "Il fallait laisser le temps, aux caractères effacés, de reparaître".

recrudescence: 're-intensification'.

109 **qu'elles permettent de pouvoir plus:** 'that they should permit greater scope'.

Taormine: a famous tourist resort on the east coast of Sicily.

Agrigente: Agrigento, an ancient city in southern Sicily, noted for its Greek and Roman ruins.

Pœstum: (Pæstum) ancient city in Italy, 25 miles from Naples, famous for its ruins of Greek temples.

110 **Que parlé-je d'unique effort?:** 'Why do I speak of *sole* effort?' (cf. *Mon seul effort*, at beginning of preceding paragraph).

Salerne, Ravello: towns overlooking the Gulf of Salerno, south of Naples.

dévalement: '(steep) slope'.

111 **que motive:** 'owing to, because of' (*lit.* 'motivated by').

Je m'étonnais parfois que ma santé ... la gravité de mon état: in the *récit*, Gide makes such changes from strict autobiography or chronology as suit his artistic purposes. Gide, with his friend P. Laurens, made this return journey from N. Africa to France via Italy in 1894, but his state of health, after his recent illness, left him in no condition to appreciate the beauty of the landscape; cf. *Si le grain ne meurt* . . . : "Nous ne fîmes que traverser Syracuse; de la Cyané, de l'allée des tombeaux, des latomies, je ne vis rien; j'étais trop fatigué pour rien regarder, pour rien voir; et ce n'est que quelques années plus tard que je pus tremper mes mains dans les eaux de la source Aréthuse" (p. 571); and ibid: "Des environs de Naples, je ne pus rien voir; l'insupportable raison de santé mettait obstacle à tout . . . De nouveau je traînais misér-ablement comme aux plus mauvais jours de Biskra, suant au soleil, grelottant dans l'ombre et ne pouvant un peu marcher qu'en terrain absolument plat" (pp. 571–2). There has obviously been here some simplification, some transposition of autobio-graphy for dramatic effect. From a dramatic point of view, it was more satisfying to accelerate Michel's return to health, so that his sensual reawakening should coincide with, and be further stimulated by, his contemplation of the luxuriant beauties of the Italian landscape.

112 **hyperesthésie:** 'hypersensitivity' (medical term).

Amalfi: a beautiful old town situated on the precipitous coast-line between Naples and Salerno.

113– **Ce quatrième jour, j'avançai . . . au soleil:** a further transpo-
114 sition of autobiography, for the same dramatic purposes as in the previous note. On the advice of a Dr. Andreae, Gide, in fact, took every opportunity to plunge into the waters of fresh-flowing streams, *but this was some considerable time after the return journey from N. Africa.* (cf. *Si le grain ne meurt* . . . : "O torrents écumeux! casca-des, lacs glacés, ruisseaux ombragés, sources limpides, transparents palais de la mer, votre fraîcheur m'attire; puis, sur le sable blond, le doux repos près du repliement de la vague . . . ; en mon corps pénétré de rayons, il me semblait goûter je ne sais quel bienfait chimique; j'oubliais, avec mes vêtements, tourments, contraintes, sollicitudes" (p. 575).

114 **pouvant l'être:** 'capable of being so (i.e. robust)'.

116 **un chartiste:** a student or graduate of the *Ecole des Chartes* (the famous Paris School for archivists and palæographers).

117 **Descartes:** French philosopher and mathematician (1596–1650), author of *Discours de la méthode*, formulated a *morale provisoire* for living, until the establishment of a *morale définitive*.

put s'y tromper: 'could be mistaken, gain a wrong impression'.

119 **je ne connaissais plus de la vie que ce qu'en apportait, en emportait l'instant:** 'I was conscious of nothing in life but what the moment brought, and what it took away'. The importance of the present moment is one of the main ideas expressed by Gide in *Les Nourritures terrestres*, of which *L'Immoraliste* is, to some extent, an ironic exaggeration (cf. Introduction, p. 21): "Nous ne sommes rien, Myrtil, que dans l'instantané de la vie; tout le passé s'y meurt avant que rien d'à venir y soit né. Instants! Tu comprendras, Myrtil, de quelle force est leur *présence*! car chaque instant de notre vie est essentiellement irremplaçable" (*Les Nourritures terrestres*, Pléiade edition of *Romans*, p. 190).

120 **formant basse:** 'providing a bass accompaniment'.

121 **tant l'attente et la surprise de l'amour . . . pour se dire:** 'so much delight do the anticipation and surprise of love add to its pleasure, so adequate is a single night for the expression of the greatest love'.

122 **d'être plus fort:** 'because I was stronger'.

qu'avais-je affaire?: 'what need did I have?'

123 **Devrai-je un jour . . . au-dedans de moi:** the device of dramatic irony, providing an ironic premonition of events which will come to pass.

125 **j'acceptai qu'elle n'eût qu'un temps:** 'I agreed that it should only be temporary'.

126 **Théodoric, Cassiodore, Amalasonthe:** *Théodoric le Grand*, founder and ruler of the Ostrogothic kingdom in Italy (454–526 A.D.; *Cassiodorus*, Latin writer and minister of Theodoric (468–562); *Amalasuntha*, daughter of Theodoric, who governed while her son Athalaric was in his minority.

théâtre de son agonie: 'the scene of its closing agonies'.

Athalaric: born *c*. 516, king of the Ostrogoths from 526 until his untimely death in 534.

127 **entier:** 'headstrong'.

impolicés: 'uncivilised'.

Je cherchais un contentement . . . je n'y occupais plus mon corps: 'I sought satisfaction in applying at least my mind to it, since it no longer occupied my body'.

une propriété de rapport: a property which produces a profit for the owner (*rapport* = 'return, yield, profit').

128 **qui touchait pour lui:** 'who collected the rents for him'.

la Morinière: the model for this property was one called La Roque, in Normandy, which belonged to Gide's family. During his childhood and early youth, Gide spent many happy hours at La Roque, the memory of which is evoked in *Si le grain ne meurt . . .* (cf. "C'est cette vallée que j'ai peinte et c'est notre maison, dans *L'Immoraliste*. Le pays ne m'a pas seulement prêté son décor; à travers tout le livre j'ai poursuivi profondément sa ressemblance" (op. cit. p. 392)). It is worthy of note that Gide sold La Roque, as Michel later attempts to sell La Morinière, at the very time when he was engaged in writing *L'Immoraliste* (1900).

Collège de France: a famous Paris academic institution, founded about 1530 by François 1er. Entirely independent of the University of Paris, the *Collège de France* provides lectures by distinguished scholars which are open to the public and are followed by no specific examinations.

131 **Lisieux et Pont-l'Évêque:** *Lisieux*, on the river Touques, one of the oldest towns in Normandy; *Pont-l'Évêque*, small town in Normandy, famous for the production of cheese. Both places are southwest of Rouen, in a region which Gide knew well and loved from early childhood.

132 **voulait se refermer sur mon approche:** 'sought to close in upon me as I approached'.

133 **plus voluptueusement se présentait . . . coulait l'heure:** 'the greater the voluptuous enjoyment each moment afforded us, the more imperceptibly time slipped by'. Note the lyrical flow of this sentence, achieved by the poetic inversions and the balance of,its two halves.

133– **l'exemple de cette terre, où tout s'apprête au fruit, à l'utile**
134 **moisson:** note that Marceline has just revealed to Michel that she is pregnant, and the whole surrounding countryside assumes a symbolic fertility, closely corresponding to Marceline's condition and to Michel's happy state of mind at that moment. Consider, in this paragraph, the words or phrases indicating rich fertility or fruitful productivity: *ces vaches pleines, ces opulentes prairies, des récoltes superbes, riche charge de fruits, cette abondance ordonnée, l'éclatement fécond de la libre nature, cette sève débordante.*

134 **l'amène en riant au luxe:** 'leads it forward joyfully towards luxury'.

135 **prud'homie:** (= *prudhommerie*) 'pomposity, sententiousness'.

136 **Alençon:** city in Normandy, about 125 miles west of Paris.

137 **la partie de plaisir d'une pêche:** 'the pleasure of a fishing excursion'.

fretin: 'small fry'.

139 **les répartitions des fermages:** 'the distribution of farmland'.

que me le donnait à entendre Bocage: 'as Bocage gave me to understand'.

140 **herbes sures:** 'coarse grass' (*sur* = *lit.* 'sour').

je doute que le fermier ne s'y attelle: 'I doubt that the farmer would not set himself to it' (*lit.* 'harness himself to it').

intéressé: 'self-interested'.

141 **il se dérobait:** 'he was evasive'.

ils ont trop du tout pour vous payer: 'they don't need it all to pay you'.

demi-métayage: *métayage* is a system of farming by which the tenant pays rent to the owner in kind.

258

NOTES

144 **J'en réponds:** 'I'll take responsibility for it'.

146 **coudres:** (= *coudriers*) 'hazel trees'.

au passage: 'as we passed by'.

Nous prîmes l'habitude de sortir . . . au moment que Marceline se levait: note how the style of these two sentences corresponds closely to what is described: the feverish morning rides on horseback through the Norman countryside undertaken by Michel and Charles. The restless impetuosity of their movements is conveyed by the very movement and structure of each sentence, in particular by their division into a number of separate sections, broken up by semi-colons and each describing one further stage in the journey or one further activity carried out. We seem almost to be on horseback with Michel and Charles, as the constantly changing scene flashes past our eyes. Their restless movement can be summarized by the series of verbs expressing sudden departure after a momentary halt: *nous partions de grand matin . . . Nous restions un instant, sans descendre . . . puis nous repartions au grand trot; nous nous attardions sur la ferme . . . puis brusquement nous les quittions; je rentrais à la Morinière.*

147 **tout ce qui la pouvait rappeler autour de moi comme en moi-même:** 'everything about me, as well as within me, which might bring it to mind'.

forts de ce qu'un fermier se remplace malaisément: 'strong in the conviction that a farmer is difficult to replace'.

148 **nous pouvions bien nous retourner:** 'we could get along all right'.

149 **les travaux du fermier sortant . . . sitôt les moissons rentrées:** 'the outgoing farmer works side by side with the incoming, the former giving up his property bit by bit as soon as the harvest is brought in'.

150 **je ne sais ce qui des deux emplissait de plus de langueur:** 'I do not know which of the two states filled me with deeper languor'.

151 **ses mains rapprochées:** 'one's cupped hands'.

au revers de l'orée: 'on the further side of the woodland's edge'.

à la fine aube: 'at earliest dawn'.

152 **Il avait . . . encore passablement à apprendre:** 'He still had a fair bit to learn'.

trop nouvelle pour qu'il en augurât rien de bon: 'too new for him to expect any good to come of it'.

153 **Passy:** a fashionable district of Paris.

une factice horreur du provisoire: 'an assumed horror of anything temporary'.

154 **je me liais d'autant plus:** 'I was committing myself even more firmly'.

155 **jamais je ne m'en étais cru plus maître:** 'never had I felt myself more firmly in control of it'.

quand bien même j'eusse été plus perspicace: 'even if I had been more clear-sighted'.

sous peine de paraître feindre: 'failing which I might have seemed to be adopting a pose'.

je me vis comme contraint par eux de jouer un faux personnage . . . On ne peut à la fois être sincère et le paraître: the constant preoccupation with sincerity and the difficulty of attaining it both in social life and in the understanding of one's own self, is one of the great themes in the work of Gide. Self-deception, false rationalization of one's motives for action and the conflict between *l'être* and *le paraître*, are principal features, not only of *L'Immoraliste*, but also of *La Porte étroite*, *La Symphonie pastorale* and *Les Faux-Monnayeurs* (the very title of the latter work refers not only to the counterfeiting of money, but also and even more significantly, to the falsification of feelings and emotions).

156 **pour un peu, eussent considéré la vie comme un fâcheux empêchement d'écrire:** 'would very nearly have considered living as a tiresome obstacle in the way of writing'.

néocriticistes: followers of the Neo-Kantian movement in the latter part of the nineteenth century. In France, the adherents of this doctrine preached a return to the ideas of the German philosopher Kant, in reaction against the current tendencies in philosophy which had a materialistic basis and emphasized the importance of the natural sciences. Free-will was an important theme in the Kantian doctrine.

Chacun fait double emploi: 'Each one is an unnecessary duplication'.

157 **déposer des cartes:** 'leave visiting cards'.

la ressaisir au vol: 'snatch it all back'.

158 **un secret de ressuscité:** 'the secret of one (who had known death and) who had been revived'. The feeling of alienation expressed here by Michel resembles closely the feeling of isolation experienced by Gide himself upon returning to France after his convalescence at Biskra in 1894. His sensual reawakening in N. Africa made him feel acutely the artificiality of his previous social life and of the literary circles which he had formerly frequented. (cf. *Si le grain ne meurt* . . . : "Je rapportais, à mon retour en France, un secret de ressuscité (N.B. the identical terms used here), et connus tout d'abord cette sorte d'angoisse abominable que dut goûter Lazare échappé du tombeau. Plus rien de ce qui m'occupait d'abord ne me paraissait encore important. Comment avais-je pu respirer jusqu'alors dans cette atmosphère étouffée des salons et des cénacles, où l'agitation de chacun remuait un parfum de mort" (p. 575)). This atmosphere of stifling artificiality Gide then proceeded to depict in his *Paludes* (1895).

ce qui me séparait . . . ce que j'avais à dire: here, expressed by Michel, is the essential basis of Gidean individualism. This will also be one of the principal ideas expounded by Ménalque in his subsequent discussions with Michel. (cf. also *Les Nourritures terrestres, Envoi:* "Ce qu'un autre aurait aussi bien fait que toi, ne le fais pas . . . Ne t'attache en toi qu'à ce que tu sens qui n'est nulle part ailleurs qu'en toi-même" (p. 248)).

le sujet m'y portant: 'the subject being conducive to it'.

montant à fleur de peuple: 'arising directly out of the people'.

pléthore: '(*lit.* plethora) superabundance'.

159 **gaine:** *lit.* 'sheath', i.e. a covering which stifles free development.

Ménalque: for an analysis of the character of Ménalque and his principles, and a study of the relationship between these ideas and those of Gide, cf. Introduction, pp. 22–24. In this part of the Introduction, there is also a study of Michel's initial attitude to Ménalque's principles, and of his subsequent application of these principles.

de ce que je le savais plus rare: 'because I knew he rarely smiled'.

161 **Hafiz:** a 14th century Persian lyric poet, born in Chiraz.

162 **savant routinier:** 'routine-bound scholar'.

163 **beau comme peu:** (sc. *d'enfants*) 'uncommonly handsome'.

me parut en avoir long à dire: 'seemed to me to have a great deal to say'.

164 **Vous pensiez le tenir et c'était lui qui vous tenait:** 'You thought you had caught him out, but it was he who had caught *you* out'.

165 **au sein de mes richesses mêmes:** 'in the very midst of my riches'.

pour un coup que: 'the one time that'.

167 **Combien d'affirmateurs . . . compris à demi-mot:** 'How many positive thinkers owe their strength to their good fortune in not having been understood when their ideas were merely implied'.

besoin d'affirmation naturelle: 'need for direct assertion'.

168 **accroché parfois:** 'caught here and there'.

la Chambre: (= *la Chambre des Députés*) the Lower House in the French Parliament, now called *l'Assemblée Nationale*.

169 **je ne l'eusse certes pas fait de moi-même:** 'I certainly should not have done so of my own accord'.

170 **n'existe qu'en totalité:** 'exist only as a whole'.

171 **J'y compte bien:** 'Indeed I expect it to'.

ils ne se plaisent que contrefaits: 'they are only happy when they falsify themselves'.

un patron: 'a pattern, model'.

agoraphobie: *lit.* 'a morbid fear of open spaces'; here, 'a fear of being on one's own, of being non-conformist'.

172 **ceux dont vous faisiez le procès:** 'those you were attacking'.

177 **Le bonheur ne se veut pas tout fait, mais sur mesure:** 'Happiness will not come ready-made, but only when tailored to measure'.

tailler ce bonheur à ma taille: 'cut out this happiness to fit me'.

178 **idéalisait à même la vie:** 'based its ideals on life itself'.

était d'une persuasion admirable: 'possessed an admirable conviction'.

faire empiéter le passé: 'allow the past to intrude'.

179 **précédaient trop ma pensée:** 'came too close to my own thoughts for comfort'.

180 **la source Amélès:** the river of forgetfulness, Lethe, "whose water no vessel can hold" (Plato, *Republic*, 10,621).

182 **la phlébite:** 'phlebitis', inflammation of a vein, often leading to a blood clot (*embolie*).

184 **La maladie était entrée en Marceline ... une chose abîmée:** this statement is to be read in conjunction with the statement on p. 168, regarding Michel's attitude to his possessions once they had become stained or marked: "Meubles, étoffes, estampes, à la première tache perdaient toute valeur; choses tachées, choses atteintes de maladie et comme désignées par la mort". Marceline is thereby equated with Michel's material possessions, and Michel will subsequently display the same callousness towards his wife in dispossessing himself of her love and affection as in dispossessing himself of his personal belongings and property.

185 **Ces veilles que j'avais tenu à supporter presque toutes moi-même:** 'Those nights of vigil, most of which I had been anxious to take on personally'.

sympathie physique: Gide has here bestowed on his hero the same acute sympathy which he felt himself in his dealings with other people and which is one of the chief features of the author as a creator of fictional characters. For an analysis of this power of sympathy as an active force in Gide's work as a creative artist, cf. J. C. Davies, *L'Immoraliste and La Porte étroite*, pp. 22–23. Note also Michel's active sympathy with his farm workers in the following pages, which allows him to feel acutely himself the physical sensations experienced by the labourers, as he comes into contact with them ("il me semblait sentir à travers eux" (p. 187); "c'était un immédiat écho de chaque sensation étrangère, non point vague, mais précis, aigu" (p. 188)).

186 **je me devais d'y réussir:** 'I owed it to myself to make a success of it'.

187 **il me semblait sentir à travers eux:** 'I seemed to feel things through their senses'.

188 **une sorte d'attouchement qu'illimitait cette bizarre sympathie:** 'a kind of sense of touch which was immeasurably strengthened by this strange power of sympathy'. (*illimiter* = 'to render limitless', is an expressive word coined by Gide).

190 **On ne sait même pas d'où qu'il vient:** the *que* employed here is common in familiar speech, but is redundant and incorrect in ordinary written French (cf. also p. 200: *voir comment que vous faites*).

ce que ne conduit pas l'intérêt: 'what is not prompted by self-interest'.

193 **de haut jet:** 'fully-grown'.

vidé la coupe: 'cleared away the felled trees'.

le printemps entrait dans la coupe encore encombrée: 'spring came and the land was still cluttered up with the felled trees'.

faisaient vidange: 'cleared away (the ground)',

prestations: 'provision of labour (by law or by contract)'.

195 **cambrés:** 'lusty, well set-up' (*lit.* 'with chest thrown out').

196 **déshabilla le pays:** 'stripped the district, pulled the district to pieces'.

une trouble vapeur d'abîme: 'disturbing fumes from the darkest depths'.

malgré que j'en eusse: 'in spite of myself'.

197 **plus bien dru:** (*lit.* 'no longer very strongly'); colourful slang expression = 'pretty tamely now'.

Qui en prend bien tant qu'elle en trouve: 'Who picks up as many (fellows) as she can find'.

il cognerait: 'he'd bash you up' (*slang*).

il n'en est pas sorti sans un trou dans la tête: 'he didn't get out of it without having his head knocked in'.

198 **Monsieur sait parbleu bien qu'on le braconne:** 'You know jolly well, Sir, that your game is being poached'.

ça n'y fait pas bien du tort: 'that doesn't do them much harm'.

199 **Mon cœur bat . . . celui qui braconne:** here again, Michel's strong sense of sympathy with others causes him to identify himself with the poacher and to feel, vicariously, the thrill of committing an illegal act. In this last part of the book, Michel's active power of sympathy, which, as with his feeling for his wife, Marceline, could have been a positive force for good, has become debased by his fascination for the perverse and his cult of immoralism. The emotion he feels here was already foreshadowed earlier in the book by his involuntary reaction to Moktir's theft of his scissors (cf. Note p. 99).

y vient donner tout droit: 'walks straight into it'.

C'est un méchant galopin . . . à l'expression chafouine: the extent of the reaction which Michel has experienced, and his new preoccupation with the sordid, the unsavoury and the anti-

265

social, is symbolized here by the description of Alcide, which is to be contrasted with the previous description of Charles on p. 136 ("C'était un beau gaillard . . ."). The earlier preoccupation with health and beauty has now been replaced by a perverse fascination for ugliness and cunning, so that there is a strong reaction against Charles, who, in Michel's eyes, has become "un absurde Monsieur, coiffé d'un ridicule chapeau melon" (p. 192).

chafouine: (*Fam.*) 'weasel-faced, sly-looking'.

200 **J'm'en vas le dire à mon père:** 'I'll tell my father' (ungrammatical, popular speech).

c'ti là: =*celui-là* (popular speech—a peasant talking).

commissionnait: 'was the go-between' (*commissionnaire* = 'messenger, errand-boy').

201 **Je m'étais fait des yeux d'oiseau de nuit:** 'I had trained my eyes to be like a night-bird's'.

202 **sa provende:** 'his goods'; i.e. the stolen game (*lit.* = 'provisions, fodder').

203 **je prenais en horreur mon lit:** an echo of the words of Ménalque, whose principles Michel is now seeking consciously, but misguidedly, to apply to his own life (cf. p. 165: "rien n'est à moi; pas même ou surtout pas le lit où je me couche. J'ai l'horreur du repos").

Voyant tout marcher à souhait: 'Seeing that everything was going so well'.

Le plus fort, c'est que: 'The worst part of it was that'.

204 **Trop d'étonnement peut nous perdre:** 'Too much astonishment may prove our undoing'.

n'ont qu'à bien se tenir: 'had better take fair warning'.

tant plus qu'on en prend, tant plus qu'on en trouve: 'the more we catch, the more we'll find'.

pour un peu je croirais: 'I felt almost inclined to believe that'.

205 **je le deviens aussitôt plus que lui:** 'I immediately became more embarrassed than he'.

c'est manquer péniblement à Bocage: 'was to be painfully lacking in consideration for Bocage'.

206 **seront de mise:** 'will be called for, in place'.

208 **Qu'on ait des devoirs . . . renoncer à jouer avec:** in recklessly applying Ménalque's principle of 'dispossession' to his own property, Michel is seen to be in violent reaction against the attitude of strict economy he previously adopted with regard to La Morinière and his former ideal of an exploitation of land "où toutes forces fussent si bien réglées, toutes dépenses si compensées `. . .` que le moindre déchet devînt sensible" (p. 134). Now it is as Charles implies, Michel "joue avec ses biens".

A peine si je prends le temps de réfléchir: 'I hardly take time to think about it'.

208 **me fait dire:** 'sends word to me'.

Décidément tout se défait autour de moi . . . ne sait rien retenir: part of Michel's reckless urge to dispossess himself is his perverse, and partly unconscious, desire to deprive himself of his most treasured possession, his wife Marceline. The third part of the book, which now follows, is principally concerned with this final, and most tragic, chapter in the history of Michel's self-dispossession.

211 **se reprenait . . . à l'espoir:** 'was beginning to regain hope'.

Nous nous enfuîmes de Paris comme pour de nouvelles noces: the whole of this fateful journey through Switzerland, Italy and Sicily to N. Africa is closely based on Gide's own honeymoon journey with his wife Madeleine between October 1895 and April 1896. Michel's journey here follows exactly the same itinerary, and there are many parallels with incidents which occurred during Gide's own journey of 1895–96—for example, a character called Ménalque was being evolved in Gide's mind during his stay in Switzerland with Madeleine, and it was at St-Moritz in November that he wrote his *récit de Ménalque*, which was later to be incorporated in *Les Nourritures terrestres*. It is significant that Gide was developing a symbolic figure of the supreme individualist

267

in circumstances similar to those in which Michel was developing his own individualist ideas, inspired by the example of another Ménalque. In both cases, the cult of individualism was being pursued at the expense of conventional marital happiness.

212 **Neuchâtel:** city and canton in western Switzerland, not far from the French border.

bien inutilement: in this final part of the book, Gide subtly portrays Michel as the victim of self-deception, by the manner in which he seeks to convince himself that what he is doing is right, and even in the best interests of Marceline. Michel's unconscious attempts at self-justification are revealed by many subtle hints dropped to the reader. Since Michel is the narrator and is largely unaware that he is deceiving himself, it must be through unconscious slips of the tongue or the tone or manner of expression used that Michel betrays his real motives for acting as he does. Here the use of the irritable aside *bien inutilement* reveals more than it seems to. Michel's irritation at being asked about his wife's family history, particularly with regard to cases of tuberculosis, springs from a deep-seated guilt complex about his own responsibility for infecting Marceline. He covers this up, subconsciously, by the emotional tone of his reply, and further, by lying about the medical history of Marceline's family.

n'y voulût rien voir qu'une cause occasionnelle: 'preferred to consider it only as a contributory cause'.

Engadine: picturesque valley in the Alps of eastern Switzerland, containing such famous tourist resorts as St-Moritz and Samaden.

comme d'événements: 'as though they had been real events'.

213 **Coire:** city in eastern Switzerland, near the Austrian border.

je ne m'irritai point . . . le sommeil: 'I was not so much irritated by the noise as by the fact that she was unable to sleep in spite of it'.

Tiefenkasten, le Julier, Samaden: *Tiefencastel* and *Samaden* are towns in the east of Switzerland, between Austria and Italy; *le (Col du) Julier* is a mountain pass in the same area.

214 **C'est le plus clair résultat de ses soins:** 'That is the best result she can achieve'. The latent brutality of Michel's new attitude is indicated by the irritability and impatience of his tone here.

J'ai horreur de la sympathie ... qu'avec les forts: suffering from suppressed guilt feelings about his brutal treatment of Marceline, Michel seeks, subconsciously, to justify his attitude by rationalization: he detested sympathy, he claims (although from his own account of his story, it was clear that his active power of sympathy was one of his most remarkable attributes). And the reason he gives for this? It is a lurking-place for infection ("toutes les contagions s'y cachent") (he conveniently forgets that it was he who had infected his wife in the first place).

Brutalement j'arrache le mouchoir de ses mains: Michel no longer seeks to disguise his true feelings—by his action here, he reveals himself as the complete egoist, concerned only with pursuing his own selfish ends.

Il n'est que temps: 'It was just in time'.

215 **le hideux lac bleu ... trop nues:** Michel's impatience and his frenzied haste to dispossess himself by his headlong race to the south are betrayed by the emotive epithets he applies to the Swiss countryside: *hideux lac, mont brutal, pentes trop boisées ou trop nues*.

Qu'ai-je besoin de tout cela? ... je veux dépenser tant et tant que ... : these statements throw a revealing light on Michel's motives. Firstly, he adopts an attitude of bravado in his disregard for economy by staying in the most luxurious hotels: What need did he have of money? Has he not become strong now? (The continual reassertion of this fact seems to betray a need for personal reassurance about the matter.) Then, seeking other reasons to justify his selfish actions, he deludes himself that it was for Marceline's benefit, for, in her present state of health, did she not need all the luxury that could be provided? Michel is being transparently dishonest with himself in playing the altruistic, self-sacrificing husband.

puis la souhaitais vagabonde: 'then longed for it (my sensuality) to wander free again'.

215– **Je me persuadais . . . chaque jour:** here Michel is partly lucid
216   about the real reasons which make him purchase and sample the choicest wines, bought ostensibly for the purpose of encouraging Marceline's delicate appetite. He tells himself that it was because his wife was acquiring a liking for these wines, but his use of the term *je me persuadais* and his artless admission that he was fond of the wines himself reveal to the reader the basic insincerity of his motives (*crus* = 'vintages' (of wine)).

216 **quand j'y avais cru voir de troubles ressemblances:** 'when I thought I saw in it a disturbing resemblance (to the present)'. The reference here is to p. 106: cf. "A présent, si je pouvais me plaire encore dans l'histoire, c'était en l'imaginant au présent".

le jeune Athalaric: cf. note p. 126.

Qu'est-ce que l'homme peut encore?: 'What can man do more (i.e. that he has not yet done)?' This is a key phrase, resuming the essential purpose of Michel's quest (however misguided the means he employs to achieve it), just as it may be said to resume what Gide strove to pursue in his own life and writings.

217 **les manifestations les plus sauvages:** 'the wildest behaviour'.

qui transpire là-bas des murs et des visages: 'which exudes from the faces and buildings there'.

218 **Je n'eus pas trop grand-peine . . . tant j'étais las de ces hauteurs:** disregarding the doctor's advice (cf. p. 212) to stay in the invigorating mountain air to effect his wife's cure, Michel is already, for selfish reasons, impatient to journey to the warmer climate of Italy. Deep down he is aware of the danger which this move represents for Marceline, but he is so weary of Switzerland, so anxious to be off again, that he must invent reasons to set his conscience at rest and justify their departure. So, while dimly aware now that he was being dishonest with himself, as evidenced by his use of the verb *persuader*, he nevertheless succeeds in convincing Marceline, and even himself, that he was acting in

Marceline's best interests by travelling to the warmth of Italy, where the climate would, he claims, complete her convalescence.

219 **blottissement des pensées:** 'brooding of one's thoughts' (*lit.* 'crouching').

Bellagio, Côme: *Bellagio*, town in N. Italy, at the junction of Lake Como and Lake Lecco; *Como*, important city on the shores of Lake Como.

220 **Monte Pincio:** one of the hills of Rome, to the north of the city, and a fashionable area of the capital.

Viale del Colli: a road in the city of Florence.

221 **avait subtilisé et comme extasié ses traits:** 'had refined her features and given them a kind of ethereal quality'.

222 **parfois j'appelais à moi ma volonté . . . faire durer mon absence:** Michel's reactions here highlight strikingly the complete failure of his attempt to become a superior individual, who would disregard normal human feelings and social conventions in his quest for the authentic self. Torn between his exalted ideal and his all-too-human love for Marceline, he urges on desperately his flagging will-power, and, like a small boy, deliberately prolongs his absence from his wife in order to prove to himself his strength of mind.

la place d'Espagne: the Piazza di Spagna, a famous square in Rome.

223 **le sang aux yeux:** 'my eyes aflame (with rage), angry-eyed'.

224 **Nous regardions avec étonnement . . . quand s'y promenait notre amour:** the parallelism, and contrast, between Michel's honeymoon journey and the present journey with Marceline is deliberately brought out by Gide, with a view to demolishing by irony the validity of Michel's quest. The hotel in Sorrento in which the joyful consummation of their love took place, is here revisited and recalled under very different circumstances. The emphasis is now on disillusionment: *terne, désenchanté, morne.*

je me glissais dehors comme un voleur: cf. p. 201: "je

sortais comme entrent les voleurs". Even on his own honeymoon, Gide had acquired a similar habit of prowling alone through the streets at night. See *Journal* (31 Dec. 1895): "Em. un peu lasse. Mauvais temps gris. Je sors un peu vers le soir et file quelques types qui m'intriguent". Yet Gide suffered the same remorse, the same uneasy pangs of conscience as did Michel in thus abandoning his wife: "Toute la soirée je souffre de n'être pas resté auprès d'elle... A la fin du soir, vers minuit, une assez irrésistible tristesse me prend aussi de l'absence de sérieux de tout cela ... J'aurais voulu pouvoir partir et jamais il ne m'a tant tardé de pouvoir revenir près d'elle" (ibid.)

224– **Je regardais tout d'un œil neuf; ... je rôdais:** an ironic recall
225 of Michel's sensual awakening during his convalescence in N. Africa (cf. note p. 91). The irony here lies in the abrupt juxtaposition of the clause *je rôdais*, showing the extent to which the purity of his earlier desires has now become defiled.

225 **Taormine que tous deux désirions revoir:** again, by associating Marceline with his own desires, Michel is implicitly seeking to justify his journey, both in his own eyes and in the eyes of his friends.

pour causer avec le cocher: this episode of the coachman is to be contrasted, ironically, with the very different scene with the coachman described on pp. 120–1, and which led to the consummation of the love between Michel and Marceline. It is one more motif in the pattern of similarity and contrast which make up the structure of the book. In many ways, this second journey is a kind of inverted and distorted mirror image of the earlier honeymoon journey, a fact recognised by Michel himself in pointing out, a little further on, the contrasting parallelism between the two journeys: "de même que de semaine en semaine, lors de notre premier voyage, je marchais vers la guérison, de semaine en semaine, à mesure que nous avancions vers le Sud, l'état de Marceline empirait" (p. 226).

Catane: Catania, a city on the east coast of Sicily, at the foot of Mt. Etna.

NOTES

Com'è bella la Signora: 'How beautiful Madam is!'

226 **Anche tu sei bello, ragazzo:** 'So are you beautiful, my lad'.

I Francesi sono tutti amanti: 'The French are all lovers'.

Ma non tutti gli Italiani amati: 'But not all Italians are loved'.

redéfaisions: 'retraced, went back over'.

Par quelle aberration, . . . plus de lumière encore et de chaleur: a further example of Michel's self-deception during the last fatal journey with Marceline. As on p. 218 (cf. note), he is pursuing his own selfish pleasure, while seeking to justify himself by the rationalization that a warmer climate would be best for Marceline's health. At the same time, however, he is seen, now that the events have run their tragic course, to be conscious of the extent of his self-delusion at the time by his use of words such as *aberration, aveuglement, folie* and *persuader.* But he still deludes himself about the nobility of his quest for the authentic self. In his eyes, his motives remain pure—he cannot see all the selfishness, the self-indulgence which, for the reader, patently motivate his actions during this final journey with Marceline (cf. p. 230: "Je ne sens rien que de noble en moi").

227 **O petit port de Syracuse! . . . mariniers avinés:** further ironic parallelism and contrast. The town of Syracuse, where, in the earlier visit, the memories were of perfumed lemon trees and of the blue waters of the river Cyané (p. 107), now recalls memories of sour wine, muddy lanes and stinking dives full of drunkards.

j'exaspérais auprès d'eux: 'being in their company provoked'.

228 **est esclave:** 'produces enslavement'.

qu'elle inventait à mesure en chaque être: '(virtues) of her own invention which she, progressively, discovered in each person'.

229 **en chaque être, le pire instinct me paraissait le plus sincère:** the quest for sincerity, for the authentic self, which, in Michel's case, involved the thrilling discovery of long-repressed instincts and sensual desires, has now become equated with a quest for evil and vice.

273

230 **en vacance d'œuvres d'art:** 'devoid of works of art'.

Kairouan: a city in Tunisia, to the west of Sousse.

231 **El Kantara:** small city in Algeria, in the southern mountain regions of the department of Constantine.

31–
232 **Pourquoi tousse-t-elle, par ce beau temps?:** amid all Michel's eager recollections of his earlier visit, is this one allusion to Marceline, spoken irritably and even brutally, as though in anger because his wife is not well enough to share in his nostalgia.

233 **Touggourt:** a city in Algeria, south of Biskra, in an oasis of the eastern Sahara Desert.

234 **une espèce d'entêtement dans le pire:** 'a kind of stubborn persistence in doing the worst'.

236 **simoun:** 'simoon', a hot, searing wind in the Sahara.

238 **sirocco:** a dry wind from the hot interior of Africa, which blows from the south over the N. African coast and over Sicily and Italy.

fauche les jarrets: 'lashes the shins' (*faucher* = (*lit.*) 'to mow, cut down'; *jarret* = (*lit.*) 'hock' (of horse)).

39 **ramasse le petit chapelet qu'elle réclamait naguère à Paris:** in each of the three great crises of the story: Michel's illness (p. 82), Marceline's first illness and miscarriage (pp. 183–4) and Marceline's final illness here, the consolation of religion is offered to the victim. In the first instance, Michel rejects it; in the second, it is sought by Marceline, but still rejected by Michel. In the final instance here, the symbolic rosary is offered by Michel to his dying wife, but significantly, is refused by her, demonstrating clearly the final triumph in the book of the forces of evil. This last symbolic episode concerning the rosary was not in the first manuscript of *L'Immoraliste*.

41 **Il nous semblait . . . son action plus légitime:** Michel's friends are not mistaken—the whole narrative is, on the part of Michel, an unconscious attempt at self-justification, revealing the hidden presence of disturbing guilt complexes about his treatment of Marceline. His tragic uncertainty about himself is further

revealed by his statement in the following paragraph: *je dois me prouver à moi-même que je n'ai pas outrepassé mon droit.*

242 **je n'ai pas outrepassé mon droit:** 'I have not exceeded the justifiable limits'.

ce climat, je crois, en est cause: Michel still indulges in unconscious self-justification in seeking a cause for his present apathy in the never-varying climate of N. Africa. It is a favourite rationalization among men to blame the weather for their own shortcomings.

tant la volupté suit de près le désir: 'so closely does enjoyment follow upon desire'.

jusqu'à ce qu'en soit épuisée la calmante fraîcheur acquise: 'until the soothing coolness they have acquired is gone'.

243 **Je voudrais recommencer à neuf . . . de ma fortune:** in his self-delusion, Michel is still convinced of the nobility, and the validity, of his mission. Or rather, he refuses to admit the contrary, for, if he did, Marceline's appalling death would be seen as completely futile and as a criminal act, even a murder, for which Michel would have to consider himself responsible. Hence he shuts his eyes to the facts and pursues his fond delusion, states his eventual intention of continuing the process of self-dispossession which he had begun.

Ouled-Naïl: a native African tribe.

le petit Ali: the native boy who finally confirms for Michel his latent homosexuality has the same name as the native boy whom Gide met in Algeria in 1893 and who provided the author with a similar confirmation of his own penchants (cf. *Si le grain ne meurt* . . . pp. 560–1).